D1385835

Un moment d'égarement

PENNY JORDAN

Un moment
d'égarement

HARLEQUIN

COLLECTION AZUR

Cet ouvrage a été publié en langue anglaise
sous le titre :
PAST PASSION

Traduction française de
FLORENCE JAMIN

Ⓗ et HARLEQUIN sont les marques déposées de
Harlequin Enterprises Limited au Canada
Collection Azur est la marque de commerce de
Harlequin Enterprises Limited.

Toute représentation ou reproduction, par quelque procédé que ce soit, constitue-
rait une contrefaçon sanctionnée par les articles 425 et suivants du Code pénal.
© 1991, Penny Jordan. © 1996, Traduction française : Harlequin S.A.
83-85, boulevard Vincent-Auriol, 75013 Paris — Tél. : 42 16 63 63
ISBN 2-280-04309-2 — ISSN 0993-4448

1.

Nicola sortit de sa voiture, lissa d'un geste nerveux les plis de son kilt et vérifia que la lavallière qui fermait le col de son chemisier de coton blanc était bien en place. Aujourd'hui plus que jamais, elle tenait à donner d'elle-même l'image d'une jeune femme stricte et sérieuse. Quand elle fut rassurée sur sa tenue, elle jeta un regard chargé d'appréhension vers l'immeuble où se trouvait son bureau.

Il n'était pas encore 9 heures du matin, mais le parking était déjà presque plein, constata-t-elle en fermant à clé sa portière. Rien d'étonnant à cela : tous les employés étaient arrivés à l'heure pour faire la connaissance de leur nouveau patron, dont ce devait être la première apparition officielle.

La nouvelle du rachat de la compagnie pour laquelle Nicola travaillait depuis déjà de nombreuses années lui était parvenue alors qu'elle était en vacances et, depuis son retour, ses collègues ne parlaient que de cela. Tous étaient impatients de découvrir celui qui les dirigerait et anxieux de connaître ses projets.

Si Nicola ne s'était pas attendue à un changement aussi rapide, elle n'ignorait pas qu'il était inéluctable. En effet, Alan Hardy, patron et fondateur de la petite entreprise de travaux publics devenue florissante, avait récemment perdu son fils dans un accident de voiture. La disparition du jeune homme l'avait anéanti, et il semblait depuis avoir perdu tout intérêt pour ses affaires. Aussi Nicola, son assistante la plus proche, savait-elle qu'un jour ou l'autre Alan céderait la place...

La grande surprise était en réalité venue du fait qu'il avait vendu son entreprise à un industriel inconnu de tous et, qui plus est, étranger à la région. Les langues allaient bon train à son sujet, mais on savait peu de choses sur lui, à part qu'il était déjà à la tête d'un véritable empire économique. La société fondée par Alan Hardy ne ferait que s'ajouter à la longue liste de ses actifs.

La première surprise passée, Nicola avait d'abord éprouvé quelques craintes quant à son avenir professionnel. Peut-être le repreneur amènerait-il avec lui sa propre équipe ? Et si elle allait perdre son emploi ? En ces temps difficiles, une telle perspective n'était guère réjouissante. Mais Alan Hardy l'avait bien vite rassurée. Il n'était pas question qu'elle quitte la société, lui avait-il affirmé. Après lui, c'était elle qui était le plus au courant des dossiers et son aide serait fort utile au nouveau propriétaire. Il l'avait déjà vivement recommandée à son successeur. Comment d'ailleurs en aurait-il été autrement ? Il savait comme elle les responsabilités de plus en plus importantes qu'elle avait été amenée à assumer dans l'entreprise depuis quelques mois.

En effet, depuis la disparition de son fils, Alan s'était peu à peu désintéressé de la bonne marche de sa société, et sans l'attention vigilante de Nicola la situation se serait rapidement détériorée. A plusieurs reprises la jeune femme avait dû revenir discrètement sur certaines des décisions de son patron pour redresser la barre. Alan Hardy n'avait plus rien de commun avec le battant sûr de lui qui l'avait engagée huit ans auparavant et n'était plus que l'ombre de lui-même.

Parfois, son cœur saignait quand elle l'apercevait, l'air absent, immobile devant un dossier grand ouvert, les yeux fixés sur la photographie de son fils qui trônait sur son grand bureau. Mais rien ni personne, pas même sa femme Mary, qui semblait pourtant mieux réagir, ne paraissait capable d'adoucir sa peine. Dans ces conditions, il valait mieux en effet qu'il vende son entreprise avant qu'elle ne périclite, comme toute société mal gérée.

Comment allait se dessiner cette future collaboration avec son nouveau patron? s'interrogeait Nicola avec un petit pincement au cœur. On lui avait annoncé de source sûre que le nouveau propriétaire risquait fort de nommer un directeur général pour régler les affaires courantes. Il était en effet vraisemblable qu'occupé par ses autres sociétés, il passerait le plus clair de son temps à Londres. Elle n'aurait donc guère le temps de le connaître et d'apprécier sa façon de travailler.

Tout à coup, la remarque à peine aimable que lui avait faite Gordon, son petit ami, quand elle en avait discuté avec lui lui revint à l'esprit. Il avait émis l'idée que son futur patron ne se contenterait peut-être pas d'elle comme assistante, mettant pour ainsi dire en doute ses capacités professionnelles.

Cette réflexion l'avait peinée tout d'abord, mais elle s'était efforcée d'en minimiser la portée. Elle connaissait Gordon depuis suffisamment longtemps pour savoir qu'il voyait d'un mauvais œil les femmes occuper des postes à responsabilité.

Ce sujet les avait souvent opposés. D'ailleurs, Nicola s'apercevait de plus en plus que sur beaucoup de points ils avaient des positions extrêmement divergentes.

Proches voisins dans le quartier résidentiel de la petite ville où ils habitaient toujours l'un et l'autre, ils avaient fréquenté les mêmes écoles depuis l'enfance. Ce n'était que deux ans auparavant qu'ils avaient commencé à se voir plus régulièrement, et que peu à peu ils s'étaient considérés comme liés l'un à l'autre. Quelques mois plus tôt, Gordon avait suggéré à demi-mot d'organiser des fiançailles officielles, mais Nicola avait éludé la question.

Quelque chose la retenait de franchir le pas. Etait-ce le sentiment que les sujets de discorde entre eux, mineurs en apparence, étaient en réalité révélateurs d'un manque de communication plus profond ? Etait-ce l'influence toute puissante et volontiers castratrice que la mère de Gordon exerçait sur son fils unique, sans qu'il ose jamais s'affirmer face à elle ?

Toujours est-il que ce projet de fiançailles était resté lettre morte, mais que Gordon et Nicola continuaient à se fréquenter comme avant.

D'ailleurs, à supposer que la jeune femme eût souhaité élargir le cercle de ses connaissances pour rencontrer d'autres partenaires, elle aurait eu bien du mal à le faire dans cette bourgade tranquille où il était impossible de rester anonyme. Aussi en restait-elle sagement à sa relation avec Gordon tout en repoussant les doutes qui l'assaillaient parfois sur la capacité de son presque-fiancé à la rendre heureuse toute son existence.

Car la vie quotidienne avec lui n'était pas des plus distrayantes : Nicola s'amusait bien plus avec ses quelques amies proches, pourtant déjà mariées et mères de famille pour la plupart, qu'en tête à tête avec Gordon, qui faisait preuve d'une absence complète de fantaisie.

A plusieurs reprises, la mère de Nicola lui avait laissé entendre qu'elle jugeait Gordon aussi ennuyeux qu'un bonnet de nuit et qu'elle comprenait mal ce que sa fille lui trouvait, mais cet évident manque de sympathie n'avait pas suffi à décider la jeune femme à rompre. Pour des raisons qui lui étaient personnelles et qu'elle n'avouerait jamais à quiconque, Nicola avait besoin d'être rassurée. Gordon personnifiait la respectabilité et le sérieux dont elle avait tant besoin.

Car Nicola portait en elle un lourd secret, d'autant plus lourd qu'elle ne l'avait jamais partagé avec personne, et son attitude de fuite par rapport aux hommes était la conséquence directe de ce poids qui l'oppressait.

10

Tout en traversant le hall d'entrée, elle croisa le regard appréciateur de certains de ses collègues masculins et sourit nerveusement. Malgré tous ses efforts pour se contrôler, elle avait le plus grand mal à supporter qu'un homme porte les yeux sur elle et cherchait par tous les moyens à passer inaperçue. Mais ses vêtements discrets et ses jupes trop longues ne suffisaient pas à dissimuler sa silhouette gracile et féminine, et son trouble ne faisait souvent qu'ajouter à son charme sans même qu'elle s'en rendît compte.

Quelqu'un éclata de rire à côté de Nicola, qui sursauta violemment tandis qu'une rougeur diffuse colorait son visage. Etait-ce d'elle qu'on se moquait? pensa-t-elle soudain avant de s'apercevoir qu'elle n'était en rien concernée. Debout devant l'ascenseur, elle parvint à reprendre le contrôle d'elle-même tout en s'invectivant silencieusement. Quand donc cesserait-elle d'imaginer derrière chaque regard masculin une intention maligne, un jugement défavorable? Quand donc cesserait-elle de croire que chaque homme la jaugeait?

Pourquoi ressasser ainsi ce qui n'était somme toute qu'une erreur d'adolescente, un moment de folie que d'autres auraient sinon oublié, du moins accepté? A plusieurs reprises, elle avait été sur le point de consulter un psychologue pour se libérer enfin de ce terrible sentiment de culpabilité qui la rongeait et l'empêchait d'avoir des relations normales avec le sexe masculin. Mais elle avait toujours reculé au dernier moment, ne se sentant pas le courage de raconter son histoire à un inconnu.

Et elle était restée seule avec le remords, incapable de se regarder en face sans songer à sa faute, certaine que tout homme qu'elle croisait dans la rue devinait ce qui s'était passé et ne pouvait que l'en blâmer.

Pestant contre elle-même, elle pénétra dans l'ascenseur

et s'efforça de retrouver son calme. Quelle idée aussi de se mettre dans des états pareils, justement ce jour où elle devait faire la connaissance de son nouveau patron et tenait par-dessus tout à paraître à son avantage !

Car à l'évidence, et d'après ce que Nicola avait entendu dire sur sa personne, le repreneur devait faire partie de ces hommes d'affaires sans indulgence qui n'admettent pas la moindre faiblesse chez leurs collaborateurs.

Son arrivée risquait d'ailleurs de créer bien des remous. Depuis la tragédie qui avait frappé Alan Hardy, quelques employés peu scrupuleux, sentant la direction moins vigilante, en avaient profité pour prendre des aises avec les horaires et le règlement, et la productivité s'en était aussitôt ressentie. Plus grave encore, Nicola avait eu vent de certaines indélicatesses, sans pouvoir jusqu'alors en obtenir la preuve. On lui avait en effet rapporté des vols de matériaux par certains ouvriers, avec la complicité intéressée du chef de chantier.

La jeune femme savait que ces pratiques malhonnêtes, si elles duraient, entraîneraient l'entreprise vers la faillite, et elle souhaitait ardemment que le nouveau patron y mette le holà. Jusque-là, elle n'avait pas osé intervenir faute de preuves, mais, s'il le fallait, elle soulèverait le problème pour sauvegarder l'avenir de la société.

D'autant que le marché du bâtiment, de plus en plus concurrentiel, n'autorisait pas la moindre faiblesse. Alors que huit ans auparavant, au moment de sa fondation, l'entreprise détenait le monopole de la construction, de nombreux concurrents s'étaient depuis installés en ville et avaient à présent pignon sur rue. Désormais, la compétition était vive. Il était donc crucial que la gestion soit assainie rapidement, sous peine de voir les bénéfices chuter. En fait, ce rachat était providentiel — mais Nicola semblait la seule à en être convaincue.

La plupart de ses collègues voyaient en effet la chose

d'un mauvais œil, sans se rendre compte qu'il y allait peut-être de la survie de leur outil de travail. Une des seules personnes conquises à l'avance par le nouveau patron était Evie, la secrétaire de Nicola, une jeune fille de dix-huit ans fraîche émoulue de son école. Elle savait peu de choses sur lui mais avait entendu dire qu'il était bel homme, ce qui suffisait à la séduire.

Alan Hardy, qui ne raisonnait pas selon les mêmes critères, avait été plus explicite. Il avait dépeint Matthew Hunt, son successeur, comme un homme de trente-cinq ans, extrêmement habile en affaires malgré son jeune âge, et plutôt atypique dans ce monde qu'il connaissait bien.

Le propre père de Nicola avait confirmé la chose. Directeur du département clientèle dans une grande banque londonienne, M. Linton ne s'était jamais résolu à s'installer à Londres et passait trois quarts d'heure matin et soir dans le train pour rejoindre son bureau. Il connaissait Matthew Hunt de réputation, et savait qu'il s'agissait d'une des valeurs montantes de la vie économique du pays. Quant à sa vie privée, aucun détail n'avait transpiré, en dehors du fait qu'il était encore célibataire.

Information que n'avaient pas manqué de relever d'un air taquin certaines amies de Nicola.

— Un célibataire ! Riche et puissant avec ça ! Nicola, il faut que tu te lances ! Entre nous, par rapport à Gordon, tu ne perdras pas grand-chose ! Et avec un peu de chance, peut-être a-t-il rompu le cordon ombilical, lui ! s'était exclamée Anna, la plus vieille amie de Nicola.

Celle-ci avait haussé les épaules en refrénant un sourire. Cette réflexion, qu'elle n'aurait pas acceptée de quelqu'un d'autre, ne parvenait pas à la fâcher de la part d'Anna. Elle connaissait depuis toujours le franc-parler et la spontanéité de son amie, qui n'avait jamais caché à Nicola son peu d'attirance pour Gordon.

D'ailleurs, cette boutade ne tirait pas à conséquence. D'une part, elle se sentait incapable d'avoir une aventure avec quelque homme que ce fût, et d'autre part, ce Matthew Hunt n'était sûrement pas du genre à s'intéresser à une femme aussi insignifiante qu'elle...

Tout en gagnant son bureau, elle jeta un regard distrait à son reflet en passant devant une porte vitrée. Depuis toujours, elle s'était convaincue, pour se rassurer inconsciemment, aurait peut-être dit un psychologue, qu'elle était incapable de séduire. Elle ne se rendait pas compte à quel point sa silhouette fine et élancée, ses cheveux brun foncé contrastant avec son teint diaphane et surtout ses magnifiques yeux bleus hérités de son père la rendaient attirante, malgré tous les efforts qu'elle faisait pour s'habiller de façon discrète et se maquiller au minimum. Avec ses attaches délicates, sa taille d'une extrême finesse et son visage aux traits harmonieux, il émanait de toute sa personne une féminité aussi raffinée que mystérieuse qui séduisait la plupart des hommes.

Pourtant, peu d'entre eux tentaient leur chance, intimidés sans doute par cette retenue, cette réserve soupçonneuse qu'elle manifestait dès qu'on faisait mine de s'intéresser à elle. Bien souvent, ses éventuels soupirants en tiraient la conclusion qu'elle n'était pas disponible et passaient leur chemin — ce qui lui convenait tout à fait.

Parfois, des souvenirs d'autrefois remontaient à la surface, et Nicola réprimait une sourde amertume. Avant, elle était différente. Elle ne craignait pas le jugement d'autrui, elle était confiante dans sa capacité à établir une relation vraie avec un homme. Avant, elle...

D'un mouvement brusque, elle ouvrit la porte de son bureau et respira profondément. Ressasser le passé était non seulement stérile, mais aussi infiniment douloureux.

Aujourd'hui, elle avait plus important à faire que pleurer sur son sort...

**

Plus tard, quand elle se remémora ces instants, elle se demanda si elle n'avait pas eu la prémonition de ce qui allait se produire. Comme si, contre toute logique, elle avait su de façon intuitive qu'elle allait soudain, malgré elle, se trouver replongée dans le passé, et de façon combien cruelle...

Elle se força à adresser un sourire calme à Evie, déjà assise à son bureau, et pomponnée plus encore que d'ordinaire en prévision de la réunion prévue à 10 heures durant laquelle Alan Hardy présenterait officiellement son successeur à tous ses employés.

— Bonjour, lança la jeune secrétaire, les yeux brillants d'excitation. Alan est déjà là. Il avait une drôle de tête ce matin ! L'émotion, probablement. Je lui ai proposé de lui faire un café, mais il a refusé. Pour ne rien vous cacher, je suis moi aussi sur des charbons ardents. Quand je pense que nous allons enfin faire sa connaissance !

Elle émit un petit gloussement et secoua ses boucles blondes savamment retenues en cascade sur le sommet de son crâne, tandis que Nicola ne pouvait s'empêcher de constater encore une fois combien tout les séparait.

Avec sa joyeuse insouciance et sa beauté plantureuse, Evie ne songeait qu'à plaire et à s'amuser, sans d'ailleurs jamais penser à mal. Elle était fiancée à un autre employé de la société, Danny, un ouvrier spécialisé lui aussi plein d'allant et de joie de vivre.

Nicola jeta un coup d'œil au T-shirt rose vif qui moulait la poitrine généreuse d'Evie, à son rouge à lèvres incendiaire ainsi qu'à sa jupe courte et ne put refréner un soupir. Tout en étant obligée de reconnaître que la tenue voyante de la jeune fille manquait pour le moins d'élégance, elle l'enviait presque de la façon saine et sans complexe qu'elle avait de mettre son corps en avant.

— Je vais voir où en est Alan, dit-elle en passant devant Evie. Appelez-moi dès que M. Hunt sera dans nos murs, s'il vous plaît.

— Comptez sur moi ! Je vais le guetter par la fenêtre. Je parie qu'il aura une grosse voiture de sport !

Nicola ignora cette dernière remarque et rentra dans le bureau d'Alan après avoir discrètement frappé à la porte.

Son cœur se serra dès qu'elle l'aperçut.

Il était adossé à son fauteuil, les yeux dans le vague, dans une posture désormais familière. Ses mains tremblaient légèrement et, de nouveau, un doute assaillit Nicola. Depuis quelque temps, elle soupçonnait Alan Hardy de chercher dans l'alcool l'oubli qu'il ne parvenait pas à trouver dans le travail.

Tom était mort depuis deux ans et la tristesse de son père ne s'était pas atténuée, bien au contraire. Les circonstances mêmes de l'accident de voiture dans lequel il avait été tué ne faisaient qu'ajouter à la tragédie : il avait été percuté de plein fouet par un chauffard ivre qui avait pris l'autoroute à contresens...

— Bonjour, lança Nicola d'une voix qu'elle s'efforça de rendre la plus chaleureuse possible. Tout est prêt pour la réunion. Par chance, la plupart des ouvriers travaillent sur un chantier proche, rue du Centre, et ne seront donc pas interrompus trop longtemps dans leur travail.

Nicola surveillait de près ce chantier de rénovation d'une agence immobilière. En effet, Alan avait eu la légèreté d'accepter d'exorbitantes indemnités de retard, ce qui ne manquait pas d'inquiéter la jeune femme. Depuis, elle s'arrangeait pour jeter un œil discret sur les contrats prêts à être signés, de manière à corriger les erreurs éventuelles commises par Alan. Il ne s'apercevait en général de rien quand elle modifiait certaines clauses, ce qui en disait long sur son désintérêt pour l'entreprise...

Alan se contenta de lui sourire, confiant dans sa capacité à superviser les événements, et elle jugea préférable de regagner le grand bureau qu'elle partageait avec Evie.

De la fenêtre, Nicola dominait le parking et les bâtiments annexes où devait se tenir la réunion. A 9 h 40, elle vit une vieille Land-Rover se garer devant l'entrée des bureaux et retint un soupir d'exaspération. C'était bien le moment d'être dérangé par un client, alors que la réunion allait commencer ! Et ce M. Hunt qui n'était toujours pas là ! Décidément, la journée débutait bien mal.

Elle scruta des yeux la Land Rover à la carrosserie couverte de boue et aux nombreuses éraflures pour voir s'il s'agissait d'un client habituel, mais ne reconnut pas la silhouette qui lui tournait le dos.

L'homme était grand, très grand même, de carrure impressionnante. Son jean n'était à l'évidence pas de la première jeunesse et mettait en valeur de longues jambes et une taille svelte. Il portait par ailleurs un blouson et des rangers qui dénotaient l'individu habitué à vivre au grand air. Un fermier de la région, probablement, pensa Nicola.

Puis, brusquement, l'inconnu se retourna et il sembla à la jeune femme que son cœur allait cesser de battre.

Non ! C'était impossible ! pensa-t-elle, atterrée, tout en se retenant à la poignée de la fenêtre de peur de tomber, tant ses jambes lui paraissaient tout à coup incapables de la porter.

Etait-elle en train de vivre un cauchemar, ou se trouvait-elle réellement en face du même homme ? Le sort ne pouvait pas être assez cruel pour faire resurgir du néant cet individu qu'elle s'efforçait d'oublier sans succès depuis huit ans !

Le premier choc passé, elle scruta les traits de l'homme qui avançait vers l'entrée des bureaux, dans l'espoir fou de constater qu'elle s'était trompée. Après tout, huit années s'étaient écoulées et il était possible que sa mémoire défaillante l'induise en erreur. D'autant qu'elle n'avait vu cet homme qu'une seule fois, une seule nuit...

Mais, après une observation plus attentive, elle dut se rendre à l'évidence et la panique s'empara d'elle. Elle ne s'était pas trompée, c'était bien lui.

D'ailleurs, elle n'aurait pas pu ne pas le reconnaître. Même si ses yeux ne lui avaient pas confirmé la chose, son corps tout entier réagissait à la présence soudaine de cet homme abhorré. Malgré le choc et l'effroi, elle se souvenait tout à coup de ses caresses, du goût de ses baisers, de son odeur mâle et enivrante, comme si les moments qu'elle avait vécus dans ses bras dataient de la veille.

Elle avait toujours entendu dire qu'un homme ivre fait un piètre amant, mais cet homme-là dérogeait à coup sûr à la règle. Jamais elle n'avait oublié la douceur de ses mains sur sa peau, ni la caresse affolante de ses lèvres explorant son corps...

— Nicola ? Vous avez un problème ? demanda soudain Evie en s'approchant de la fenêtre. Vous êtes toute pâle. Que se passe-t-il ?

A cet instant, elle se pencha pour scruter à son tour le parking et poussa un cri strident.

— C'est lui ! s'exclama-t-elle. Matthew Hunt ! Il arrive ! Il faut prévenir Alan.

Nicola lui jeta un regard paniqué.

— Matthew Hunt ? Le conducteur de cette Land Rover ?

— Oui ! Et il est encore plus beau qu'en photo ! ajouta Evie d'un ton pâmé.

Cette fois, Nicola s'agrippa au dossier de son fauteuil pour garder l'équilibre. Le cauchemar tournait au film d'horreur ! Non seulement elle se retrouvait nez à nez avec l'homme qu'elle aurait voulu voir rayé à jamais de son existence, mais cet homme se révélait être son nouveau patron !

Un instant, elle crut qu'elle allait s'évanouir. Enfin, au prix d'un effort surhumain, elle parvint à lutter contre cet accès de faiblesse. Après avoir poussé une profonde expiration pour ne pas se laisser envahir par la terreur, elle tenta de jauger la situation.

Sa seule chance était qu'il ne la reconnaisse pas, se dit-elle en s'accrochant à cette hypothèse comme à une planche de salut. Cette éventualité n'était d'ailleurs pas du tout invraisemblable.

Quand elle avait rencontré Matthew Hunt, huit ans auparavant, elle était bien différente...

En se remémorant son maquillage outrancier, sa robe provocante, elle ressentit pour la première fois à cette évocation qui la faisait d'ordinaire frémir de dégoût un intense soulagement. Comment Matthew Hunt pourrait-il reconnaître dans l'assistante de Alan Hardy, jeune femme aussi discrète que compétente, l'adolescente à la tenue racoleuse qui s'était quasiment jetée dans ses bras autrefois ? Il ne pourrait jamais faire le rapprochement... A l'époque, ses parents eux-mêmes ne l'auraient pas reconnue.

Le rythme de son cœur se ralentit quelque peu, et la couleur revint sur son visage. Elle pouvait raisonnablement espérer éviter la catastrophe. Sinon... sinon, elle préférait ne pas y penser.

— J'entends quelqu'un dans le couloir, gloussa soudain Evie en remettant son T-shirt en place pour paraître le plus à son avantage possible. C'est lui ! C'est lui !

Nicola aurait volontiers intimé à la secrétaire l'ordre de se taire, mais elle ne prononça pas une parole. L'instant de vérité était arrivé. L'angoisse lui parut insupportable. Qu'on en finisse ! pensa-t-elle au moment où la porte s'ouvrit.

Matthew Hunt resta un instant immobile. Son regard s'attarda une seconde sur Evie, puis se fixa sur Nicola, qui se sentit devenir blême. Surtout, ne pas montrer son émotion, pensa-t-elle.

Il était toujours aussi séduisant, plus encore peut-être avec ses petites rides imperceptibles autour des yeux qui accentuaient la profondeur de son regard. Terriblement viril aussi, d'une virilité faite de raffinement qui, elle s'en souvenait, l'avait tant troublée quand elle l'avait vu pour la première fois.

— Mademoiselle Linton ?

Il s'agissait d'une affirmation, pas d'une question, et elle se ressaisit aussitôt.

— Oui, Nicola Linton, monsieur Hunt, dit-elle d'une voix qui, par miracle, ne tremblait pas.

Après un temps d'arrêt, il eut un sourire bref.

— Appelez-moi Matt, comme tous mes collaborateurs, vous me ferez plaisir. Je déteste les complications inutiles. L'autorité n'a pas besoin de protocole pour s'établir. N'est-ce pas ?

Elle acquiesça d'un signe de tête, déroutée par ses manières abruptes, mais infiniment soulagée de n'avoir pas été reconnue.

La collaboration avec Matthew Hunt serait pour elle excessivement difficile, se dit-elle alors en étudiant son visage aux traits décidés. Comment réussirait-elle à entretenir avec lui des rapports normaux alors qu'elle savait ce qu'ils avaient partagé, et que lui l'ignorait ?

Elle préférait ne pas y penser. La situation était si invraisemblable, si traumatisante qu'elle se sentait incapable de la gérer. Pour l'heure, il lui fallait parer au plus pressé et tenter de jouer son rôle d'assistante efficace et maîtresse d'elle-même, tout en faisant bonne impression sur celui qui était désormais son patron. Elle n'avait aucunement l'intention de mettre son emploi en jeu, sachant les difficultés qu'elle aurait à en trouver un autre sans être contrainte de déménager, ce qu'elle voulait à tout prix éviter.

Il fallait donc qu'elle ne laisse rien transparaître de son trouble intérieur, si la chose était possible...

A cet instant, Alan pénétra dans la pièce et Evie se leva.

— M. Hunt vient d'arriver, dit-elle d'une voix émue.

Matthew Hunt lança alors à la jeune fille un sourire particulièrement chaleureux, que ne manqua pas de remarquer Nicola avec un pincement au cœur et une curieuse boule dans la gorge. Surprise de sa propre réaction, elle s'efforça de revenir à la raison.

Elle n'allait tout de même pas se vexer parce que

Matthew Hunt accordait un sourire complaisant à Evie, dont le seul souci était justement d'attirer les regards masculins! Elle aurait au contraire dû se réjouir de passer inaperçue et de ne pas éveiller son intérêt. N'était-ce pas ce qu'elle s'efforçait de faire depuis huit ans dès qu'elle rencontrait un homme?

— Il est bientôt 10 heures, et je déteste être en retard, annonça soudain Matthew Hunt d'un ton qui n'admettait pas de réplique. D'autant que je ne pourrai pas m'attarder: j'ai un rendez-vous important dans la City cet après-midi.

Sans dire un mot, Nicola se dirigea vers la porte en lui emboîtant le pas. Il s'effaça alors galamment devant elle pour la laisser sortir la première.

Le simple fait de passer devant lui provoqua chez la jeune femme un trouble intense. Comme si, brusquement, en la sentant si proche de lui, il pouvait la reconnaître...

Par bonheur, il n'en fut rien.

Lorsqu'elle pénétra dans la salle de réunion entre Alan et Evie, elle avait retrouvé son calme. En apparence, tout au moins...

Ce même soir, quand elle regagna le domicile familial après sa journée de travail, Nicola n'était plus qu'une boule de nerfs. Toute la journée, elle avait pris sur elle pour masquer son trouble et pour répondre de façon posée et calme aux questions de Matthew Hunt.

Il n'avait pas manqué de l'interroger sur le rôle exact qu'elle jouait dans l'entreprise depuis la mort du fils d'Alan, sur ses responsabilités sans cesse grandissantes, sur les initiatives qu'elle prenait de plus en plus. A tel point que Nicola avait cru sentir une nette réprobation dans son discours.

Elle aurait pu lui expliquer que cet état de fait n'était pas lié à un vain désir de se mettre en avant ou à un excès d'ambition, mais tout simplement à la volonté d'aider un homme brisé, mais elle avait choisi de se taire. D'abord, elle estimait ne pas avoir à se justifier. Et puis il y avait une autre raison, plus secrète, moins avouée. Déjà, huit ans auparavant, Matthew Hunt l'avait prise pour celle qu'elle n'était pas sans qu'elle proteste, bien au contraire. Cette fois, elle n'avait pas plus envie de lui expliquer ses motivations profondes.

A l'issue de leur entretien, Matthew lui annonça qu'il nommerait la semaine suivante un directeur général, et que dans l'intervalle Alan expédierait les affaires courantes. Puis il prit congé rapidement, soucieux d'être à l'heure pour son rendez-vous londonien, laissant la jeune femme épuisée physiquement et nerveusement.

Travailler avec Matthew Hunt ne serait pas de tout repos, pensa Nicola. Elle avait rarement rencontré dans sa vie professionnelle un homme aussi dynamique, aussi inventif. Il semblait avoir mille idées à la minute, et une connaissance des affaires si grande qu'on ne doutait pas de sa capacité à les mener à bien. Rien d'étonnant à ce qu'il soit un des acteurs économiques les plus en vue du moment...

Quand, après le dîner, sa mère l'interrogea sur son nouveau patron, Nicola ne se montra guère loquace.

— C'est tout ce que tu as à me dire? s'étonna sa mère. Il est vrai que tu ne l'as vu que peu de temps. Tu auras sûrement plus de renseignements la prochaine fois. Ah! j'allais oublier : Gordon a appelé. Il annule pour ce soir. J'ai cru comprendre que sa mère n'était pas bien.

Mme Linton ne poursuivit pas, mais ses sourcils froncés en disaient long sur ce qu'elle pensait de cette attitude. D'ailleurs, Nicola n'avait plus aucun doute sur le peu de sympathie que ses parents éprouvaient à l'égard de Gordon.

— Nous devions jouer au tennis ensemble, expliqua-t-elle. En fait, je suis plutôt contente de ne pas y aller. Je suis épuisée, et je vais pouvoir me coucher tôt.

Sa mère lui lança un bref coup d'œil.

— Tu ressembles à une pile électrique, Nicola. Tu ferais mieux de marcher un peu avant d'aller te coucher, si tu veux mon avis. Je ne sais pas pourquoi, mais tu as l'air tendue.

Nicola sourit. Elle appréciait chez sa mère cette façon directe de dire ce qu'elle pensait. Tout le contraire de la mère de Gordon, qu'elle soupçonnait d'être profondément hypocrite, songea-t-elle tout à coup.

— Et tu pourrais emmener avec toi ce gros chien paresseux, ajouta Mme Linton en désignant Honey, la femelle labrador affalée sur le tapis.

Cette fois, malgré ses soucis, Nicola éclata de rire.

— Allons, maman, avoue que ce n'est pas moi qui ai besoin d'exercice, mais Honey !

— Honey et toi, pour des raisons différentes, répondit sa mère sans se laisser démonter.

Une heure plus tard, Nicola était accoudée à la barrière d'un champ, plongée dans la contemplation des collines aux courbes harmonieuses qui s'étendaient à l'horizon, couvertes de prés et de bois. Honey, épuisée par cette petite marche, s'était allongée à ses pieds dans l'herbe humide de rosée.

Cette promenade lui avait certainement été bénéfique sur le plan physique, pensa Nicola en admirant la teinte rosée du couchant, mais mentalement elle se sentait aussi oppressée qu'auparavant.

Alors qu'elle gardait l'espoir de se libérer un jour des souvenirs qui la poursuivaient, voilà qu'elle était brutalement replongée dans son cauchemar du fait de l'irruption dans son existence de Matthew Hunt, qu'elle croyait ne jamais revoir.

Depuis huit ans, elle luttait de toutes ses forces pour oublier le passé, et voilà que celui-ci l'avait rattrapée...

Nicola poussa un profond soupir et ferma les yeux, indifférente tout à coup à la fraîche brise nocturne qui apportait de délicieuses senteurs balsamiques.

Tout avait commencé à Londres, huit ans auparavant...

Elle avait à peine dix-huit ans quand on lui avait proposé un emploi dans la capitale. Sur un coup de tête, elle avait accepté. La question du logement ne se posait pas, puisque trois de ses camarades de collège cherchaient une quatrième partenaire pour partager un appartement.

Ses parents avaient tenté de la dissuader de partir — en vain. Nicola, naïve, rêvait de vivre à Londres, lassée de l'existence sans surprise qu'elle menait depuis toujours dans sa petite ville de province. Aussi M. et Mme Linton avaient-ils accepté de lui laisser faire l'expérience une année, convaincus que celle-ci lui ouvrirait les yeux mieux que tous les discours de la terre.

Nicola devint donc la plus jeune salariée d'un des grands cabinets d'architectes de Londres. Elle occupait un emploi de bureau sans grand intérêt, mais peu lui importait : elle était dans la capitale, et cela seul comptait.

Bientôt, elle fit la connaissance de Jonathan, le fils de l'un des associés, qui travaillait lui aussi au cabinet. Aussitôt, elle tomba follement amoureuse de lui, avec la fougue naïve de l'inexpérience.

Il avait vingt-six ans, et sa beauté, quoique objectivement un peu fade, éblouissait Nicola. En quelques semaines, elle réussit à se convaincre que son amour était payé de retour.

Jusqu'au jour où elle surprit par hasard la conversation qui devait changer le cours de son existence.

A cette seule évocation, Nicola réprima un frisson et se redressa.

En face d'elle, la charmante vue bucolique s'était évanouie.

De nouveau, elle se trouvait à côté de la photocopieuse, dans la petite pièce du cabinet d'architectes où s'entassaient les machines...

2.

— Evidemment que cette petite oie blanche me laisse totalement indifférent, chérie ! Comment peux-tu en douter un seul instant ?

De l'autre côté de la porte, Nicola faillit laisser tomber à terre la pile de photocopies qu'elle tenait entre ses mains. Sans le moindre doute possible, elle venait de reconnaître la voix charmeuse de Jonathan. Il parlait avec la même intonation tendre qu'il utilisait d'ordinaire pour elle, et elle serra les poings pour garder son sang-froid. Qui pouvait bien être cette interlocutrice qu'il appelait « chérie » ?

Un horrible soupçon s'empara alors de Nicola. Et s'il s'agissait de Susan Hodges, dont elle avait surpris le regard mauvais quand elle avait entendu Mme Ellis lui demander d'aller faire des photocopies quelques minutes auparavant ? Si tel était le cas, Susan ne pouvait pas ignorer que la jeune fille entendait le moindre mot de cette conversation...

— Pourtant, tu es sorti plusieurs fois avec elle, susurra alors Susan d'un ton enjôleur, confirmant les soupçons de Nicola.

— D'accord, mais je me suis rabattu sur elle pour la simple raison que tu n'étais pas libre, répondit Jonathan. Tu n'imagines tout de même pas que je suis tombé sous le charme de cette petite prude qui ne sait même pas

26

embrasser correctement, sans parler du reste ! Je n'ai jamais rencontré quelqu'un d'aussi peu sexy ! Rien à voir avec une femme comme toi, Susan, une vraie...

Le silence retomba alors, bientôt suivi de bruits passionnés qui ne laissaient aucun doute sur ce qui était en train de se passer de l'autre côté de la cloison : Jonathan et Susan s'embrassaient avec une évidente ardeur.

Le souffle coupé, Nicola s'adossa au mur pour ne pas tomber. Luttant contre le torrent d'émotions qui l'envahissaient, où se mêlaient la colère et un sentiment terrible d'humiliation, elle parvint cependant, dans un ultime sursaut d'orgueil, à retenir ses larmes.

Comment Jonathan pouvait-il parler d'elle en termes aussi injurieux après les moments qu'ils avaient passés ensemble ? Depuis le début, il n'avait donc fait que jouer la comédie, alors qu'elle se considérait quasiment comme sa fiancée ! Une comédie si habile qu'elle s'y était laissé prendre instantanément, sans se poser la moindre question. Jonathan avait raison, elle n'était qu'une oie blanche...

Alors que dans sa naïveté elle pensait qu'il la respectait et l'aimait, il courtisait en parallèle cette horrible Susan Hodges, la fille la plus délurée du bureau, aux jupes toujours trop courtes et au maquillage toujours trop appuyé !

— Dis-moi, Jonathan, ce n'est pas avec elle que tu iras à la réception ce soir, n'est-ce pas ? demanda alors Susan.

— Sûrement pas ! Tu sais bien avec qui j'irai, chérie. Je parierais que tu vas mettre une de ces robes un peu coquines dont tu as le secret, et que tu attireras le regard de tous les hommes. Mais je sais aussi avec qui tu finiras la soirée...

— Je crois que je le sais aussi ! gloussa Susan avec un petit rire de gorge. A moins que tu ne viennes d'abord me chercher à mon appartement pour m'aider à choisir ma robe, au cours d'un petit essayage privé dans ma chambre... Qu'en dis-tu ?

— Si tu me prends par les sentiments..., répondit Jonathan.

Puis il chuchota quelque chose que Nicola ne comprit pas. Quelques secondes après, pétrifiée, elle entendit leurs pas décroître dans le couloir.

Jonathan n'avait donc jamais eu l'intention d'être son cavalier à cette soirée à laquelle elle se réjouissait tant d'aller en sa compagnie ! Il arriverait au bras de Susan, et elle serait la risée du cabinet...

En effet, tous les collaborateurs du bureau avaient été invités pour fêter l'anniversaire du père de Jonathan. A cette occasion, Nicola s'était même acheté une tenue habillée pour faire honneur à son petit ami. Elle avait passé une heure dans un magasin à choisir le vêtement adéquat, avant d'opter pour une simple robe en velours bleu marine, au sage décolleté princesse.

Comme elle regrettait son choix, à présent qu'elle savait ce que Jonathan pensait d'elle ! Déjà, elle imaginait la tenue provocante et sexy dans laquelle apparaîtrait Susan, et qui ne manquerait pas d'accentuer le côté classique et timoré de ses propres vêtements. Elle serait doublement ridicule...

Brusquement, elle se redressa, prise d'une colère soudaine.

Puisqu'ils la prenaient tous pour une petite idiote, elle allait leur montrer de quoi elle était capable ! Jonathan et Susan en seraient les premiers surpris... Elle allait leur prouver qu'il était à la portée de n'importe quelle femme d'attirer tous les regards masculins ! Une robe moulante, un décolleté plongeant, un rouge à lèvres outrancier, et le tour serait joué. Elle comptait bien voler la vedette à Susan, et Jonathan n'en croirait pas ses yeux !

Plus tard, Nicola s'interrogea sur la folie passagère qui s'était subitement emparée d'elle. Comment avait-elle pu renier ainsi sa nature profonde, effacée et discrète, au point de se transformer en une de ces vulgaires allumeuses pour lesquelles elle avait le plus profond mépris ?

Le désir de se venger de la terrible humiliation qu'elle avait subie était la seule explication. Sa naïveté et son inexpérience des hommes et des rapports sentimentaux étaient telles qu'elle avait enduré un véritable traumatisme. Seul comptait désormais son désir de prouver à Jonathan qu'elle était une femme elle aussi, une femme désirable et pas la petite oie blanche qui ne savait même pas embrasser qu'il avait décrite de façon si humiliante...

Au bureau, on ne parlait que de la fameuse réception. Le père de Jonathan, associé majoritaire, voulait fêter avec éclat ses cinquante ans, qui coïncidaient avec les dix ans du cabinet, et il n'avait pas lésiné sur les moyens. Il avait loué une grande salle dans un des plus beaux hôtels de Londres et s'était offert les services du meilleur traiteur du moment. Un orchestre assurerait la musique : la fête promettait d'être somptueuse.

Nicola, qui n'avait jamais assisté à une aussi grande réception, s'en réjouissait depuis des jours. Pourtant, ce qu'elle attendait avec le plus d'impatience peut-être était de rencontrer la mère et les sœurs de Jonathan et de leur être présentée comme sa cavalière, pour ne pas dire sa petite amie.

Sa déception n'en était que plus aiguë : non seulement elle n'arriverait pas au bras de Jonathan, mais il afficherait ostensiblement sa liaison avec Susan...

Exceptionnellement, le père de Jonathan avait accordé leur après-midi à tous les employés du cabinet.

Peu avant 13 heures, dès que Nicola eut la certitude que Jonathan et Susan étaient déjà partis et qu'elle ne risquait pas de les croiser dans les couloirs, elle s'éclipsa. Elle avait eu quelques heures pour réfléchir depuis le moment où elle avait surpris cette épouvantable conversation : son plan était prêt.

Car, dans son esprit, il s'agissait d'un véritable plan de bataille. La bataille qu'elle allait livrer pour prouver à Jonathan qu'il se trompait sur son compte, et pour lui faire regretter de s'être désintéressé d'elle.

Le cabinet se trouvait au centre du quartier commerçant de Londres, connu pour ses nombreuses boutiques. Nicola n'aurait donc que l'embarras du choix. Econome par nature, elle disposait d'un compte en banque bien garni, ce qui allait lui être bien utile. Elle qui mûrissait toujours longtemps le moindre achat pour être sûre de dépenser son argent à bon escient se sentait soudain prête à faire des folies pour réaliser son but.

Tout d'abord, elle pénétra d'un pas assuré dans le salon de coiffure luxueux et dernière mode qui venait d'ouvrir à côté du bureau.

Avec son tailleur strict et son serre-tête, elle ne devait pas ressembler aux clientes habituelles, car la jeune femme en combinaison blanche qui l'accueillit lui lança un regard étonné.

— Mademoiselle, vous désirez?

— Une coupe, s'il vous plaît.

La coiffeuse la conduisit à un grand fauteuil de cuir.

— Voulez-vous que je vous rafraîchisse votre carré? proposa-t-elle.

— Non, je veux une coiffure afro, lança Nicola d'un ton déterminé.

De surprise, son interlocutrice resta d'abord muette. Puis son professionnalisme reprit le dessus.

— Afro? demanda-t-elle en dissimulant son étonnement. Vous êtes sûre? Ce sera un changement radical par rapport à votre coupe actuelle. Votre chevelure va doubler de volume, vous savez. Vous ne désirez pas quelque chose d'un peu plus... classique?

— Non, je sais ce que je veux, répondit Nicola.

Peu de temps auparavant, dans la salle d'attente de son dentiste, elle avait feuilleté un magazine féminin qui présentait des mannequins plus somptueuses les unes que les autres. L'une d'entre elles en particulier avait attiré le regard de Nicola, avec son opulente chevelure frisée. Une profusion de boucles n'était-elle pas la quintessence de la féminité? s'était-elle dit alors.

Aujourd'hui, elle savait que grâce à cette coiffure elle éclipserait en un clin d'œil les ridicules frisettes de Susan.

Trois heures plus tard, quand elle se regarda dans le miroir, elle eut un véritable choc. Même ses parents ne l'auraient pas reconnue : sa chevelure était encore plus volumineuse que celle d'Angela Davis ! Soudain, le doute s'empara d'elle. N'était-elle pas en train de faire une folie ?

Mais bientôt, le souvenir des remarques méprisantes de Jonathan lui revint et elle se ressaisit. Elle avait décidé de lui donner une leçon, et elle irait jusqu'au bout.

L'étape suivante de son programme consistait en un passage dans un institut de beauté. Nicola choisit au hasard entre deux établissements voisins, et là aussi fut très explicite quand l'esthéticienne l'interrogea sur ses goûts en matière de maquillage.

— Je veux quelque chose d'appuyé, répondit Nicola. Quelque chose qu'on remarque.

Pour une somme qui lui parut astronomique, la jeune femme ressortit peu après munie d'une quantité de pinceaux, couleurs et autres fonds de teint. L'esthéticienne l'avait elle-même maquillée pour lui montrer comment utiliser les différents produits, dont Nicola ignorait pour la plupart jusque-là l'existence. Le résultat était presque aussi surprenant que chez le coiffeur, pensa-t-elle en étudiant son reflet dans la vitre : depuis ses lèvres rouge carmin jusqu'à l'ombre à paupières bleue qui accentuait son regard, sans oublier les faux cils qui lui donnaient l'air d'une starlette de Hollywood, elle était transformée.

Il ne lui restait plus que la robe à trouver.

D'emblée, elle délaissa l'étage « Habillement classique » du grand magasin où elle avait l'habitude de faire ses achats, pour se rendre au rayon « Fête et fantaisie », où elle n'avait jamais eu l'occasion de pénétrer.

Sur les conseils insistants de la vendeuse à laquelle elle exposa ses souhaits, elle choisit une robe Stretch, honteusement courte comme le voulait la mode. Jamais Nicola n'avait porté un vêtement aussi moulant, et en se regardant dans la glace elle ne put retenir un mouvement d'hésitation que perçut aussitôt l'employée.

— Je vous assure, protesta cette dernière. Elle vous va merveilleusement bien ! Avec votre taille de guêpe et vos longues jambes, vous pouvez tout vous permettre ! Et je vous garantis que vous ne passerez pas inaperçue, puisque tel est votre souci !

Cette remarque eut raison des dernières interrogations de Nicola. Ne s'était-elle pas juré de tout faire pour attirer sur elle les regards masculins ?

Une fois de retour à l'appartement qu'elle partageait avec ses amies, elle se souvint avec soulagement qu'elle y serait seule. Ce soir-là, ses camarades assistaient en effet à un cours de danse. Nicola pourrait donc se préparer en toute quiétude, et à l'abri des questions multiples que sa métamorphose n'aurait pas manqué de susciter.

Après avoir réussi par miracle à prendre un bain sans mettre à mal le savant assemblage de ses boucles, elle passa sa robe et entreprit d'apporter les dernières retouches à son maquillage. D'une main malhabile, elle se remit du rouge à lèvres et dessina le contour de sa bouche avec le crayon à lèvres rouge carmin assorti. D'un coup d'œil anxieux, elle s'assura que ses faux cils n'avaient pas bougé. Malgré les explications patientes de l'esthéticienne, elle aurait été incapable de les repositionner sans causer de dégâts.

Enfin, le moment de partir arriva. Après s'être copieusement aspergée de parfum, elle appela un taxi. Le chauffeur serait son premier cobaye, pensa-t-elle. S'il ne lui manifestait pas un intérêt certain, elle aurait perdu son pari.

A peine s'était-elle installée sur la banquette arrière qu'elle aperçut dans le rétroviseur le sourire émoustillé du chauffeur. Elle avait gagné. Ce soir, les hommes n'auraient d'yeux que pour elle, et Jonathan regretterait de l'avoir traitée de petite oie blanche...

Pourtant, quand le taxi s'arrêta devant l'hôtel et qu'en attendant sa monnaie, Nicola aperçut la plupart de ses collègues de travail qui arrivaient en couples, elle comprit que pour que sa victoire soit complète, il manquait une étape dans le plan qu'elle avait mis au point pour se venger de Jonathan. Une étape essentielle...

En effet, le meilleur moyen pour humilier Jonathan comme il l'avait humiliée était de s'afficher avec un cavalier, à son nez et à sa barbe. Attirer les regards masculins ne suffirait pas; il lui fallait trouver un homme. Mais qui?

En dehors de ceux qui travaillaient au cabinet, elle n'en connaissait aucun. Qui pourrait-elle donc bien dénicher en guise de faire-valoir?

— Nicola! C'est toi? s'exclama derrière elle une voix féminine. Que t'est-il arrivé? Tu as une perruque?

Lisa, une employée du cabinet, arrivait au bras de son cavalier.

— Non. Je me suis fait faire une permanente, répondit Nicola d'un ton froid.

Dans les yeux de Lisa, elle lut une stupéfaction teintée d'un soupçon d'envie, ce qui ne manqua pas de la réjouir. Quant à son compagnon, il l'observait des pieds à la tête avec dans le regard une lueur équivoque qui provoqua chez la jeune femme un trouble intense. Jamais aucun homme ne l'avait regardée ainsi, pensa-t-elle, au supplice. Un instant, elle faillit tourner les talons et rentrer chez elle se changer; mais il était trop tard. D'ailleurs, elle n'avait pas pour habitude de faire machine arrière. Jonathan méritait une bonne leçon, et elle était bien décidée à la lui donner.

La tête haute, elle pénétra dans l'hôtel à son tour et se dirigea vers la salle où se tenait la réception. Une lumière tamisée régnait dans la grande pièce tendue de velours rouge. De petites tables rondes éclairées par des bougies étaient disposées autour de la piste de danse, tandis qu'un somptueux buffet était dressé dans le fond de la pièce.

Sans se démonter, Nicola s'assit à une des tables où elle avait reconnu certaines de ses collègues.

Toutes émirent des remarques surprises sur son changement de style, mais une seule eut la cruauté de remarquer qu'elle arrivait seule.

— Je croyais que tu viendrais avec Jonathan, insista-t-elle d'un ton perfide.

Nicola se sentit devenir blême et se félicita de la discrétion de l'éclairage. Justement, à cet instant, Jonathan pénétrait à son tour dans la salle, avec à son bras une Susan rayonnante dans une robe dos nu en lamé or. Ils se dirigèrent dans la direction opposée à celle où se trouvait Nicola. Si Jonathan ne la vit pas, Susan, elle, l'aperçut bientôt et la stupéfaction jalouse qu'elle lut sur son visage mit aussitôt du baume au cœur de Nicola.

Impressionner Susan était certes une satisfaction, mais sa victoire ne serait complète que quand elle aurait montré à Jonathan qu'elle était désirable elle aussi. Pour cela, il lui fallait jeter son dévolu sur un homme, le plus séduisant de la soirée si possible.

La jeune fille était en train de lancer un coup d'œil fébrile autour d'elle pour chercher qui pourrait bien faire l'affaire, quand Elizabeth, sa voisine, la poussa du coude.

— Dis donc, tu sais qui vient d'entrer ? lui glissa-t-elle à l'oreille.

— Non, répondit Nicola distraitement. De qui veux-tu parler ?

— De cet homme, là-bas, qui discute avec le père de Jonathan. Je ne sais pas de qui il s'agit, mais on ne peut pas dire qu'il ait fait beaucoup d'efforts vestimentaires. D'ailleurs, il n'en a pas vraiment besoin... Il est beau comme un dieu !

L'esprit aussitôt en alerte, Nicola tourna la tête en

direction de l'inconnu. Elizabeth n'avait pas exagéré, constata-t-elle en retenant son souffle. De stature athlétique, l'homme dominait la foule de sa haute taille. Elle distinguait mal ses traits d'aussi loin, mais rien qu'à sa façon altière de se tenir on le devinait sûr de lui et de son pouvoir de séduction.

— Je sais qui c'est, remarqua tout à coup Lisa. Il s'agit d'un de nos meilleurs clients. Je suis surprise qu'il soit venu, il paraît qu'il déteste ce genre de mondanités.

L'arrivée d'un serveur chargé d'un plateau interrompit la discussion. Nicola, qui n'avait pas l'habitude de boire, en était déjà à sa deuxième coupe de champagne, mais elle l'accepta malgré tout. Il lui semblait que le vin atténuait sa tension. Ne disait-on pas que l'alcool levait les inhibitions ? Il était temps de vérifier l'exactitude de cette théorie.

Une demi-heure plus tard, elle en était à sa troisième coupe et ne s'était toujours pas déterminée sur la conduite à tenir quand elle aperçut Jonathan en grande discussion avec le bel inconnu à une table voisine. Il ne prêtait pas la moindre attention à Susan, qui semblait s'ennuyer à périr en les écoutant d'une oreille.

Ils n'étaient qu'à une courte distance et Nicola eut tout le loisir d'étudier l'inconnu. Avec ses traits réguliers et harmonieux, il aurait presque pu paraître trop beau sans l'évidente virilité qui émanait de toute sa personne et l'expression déterminée qui se lisait sur son visage. Par rapport à lui, Jonathan, qu'elle avait jusque-là considéré comme le plus bel homme de la terre, lui parut soudain fade avec ses boucles blondes bien peignées et ses joues rondes d'adolescent. Comment avait-elle pu tomber amoureuse de lui ?

Tout à coup, sa décision fut prise. Si elle réussissait à attirer l'attention de l'inconnu, elle aurait gagné la partie. Jonathan n'en croirait pas ses yeux !

Pour atteindre ce but, il n'y avait pas d'autre solution

que de se lancer. Jamais auparavant elle n'avait pris ainsi l'initiative avec un homme, et elle n'avait pas la moindre idée de la façon dont il fallait procéder. Aurait-elle le courage de passer à l'acte et de renier ainsi sa nature profonde, faite de discrétion et de pudeur ?

Elle eut une ultime hésitation, mais ses derniers scrupules s'évanouirent bientôt à la faveur de l'étrange langueur qui s'était emparée d'elle après ses trois coupes de champagne. Il lui semblait flotter agréablement, et tout lui paraissait soudain étonnamment simple.

D'un mouvement déterminé, elle se leva et avança dans la direction de Jonathan, un sourire enjôleur aux lèvres.

Jonathan fut le premier à l'apercevoir, et elle eut la satisfaction profonde de voir ses yeux s'écarquiller sous l'effet de la surprise, tandis qu'il fixait ses longues jambes découvertes jusqu'à mi-cuisses et sa poitrine ronde moulée par sa robe qui lui collait au corps comme une seconde peau.

Elle soutint son regard, le même sourire séducteur figé sur ses lèvres. Sans même faire mine de remarquer la présence de Susan, elle se pencha au-dessus de leur table.

— Bonjour, Jonathan, dit-elle d'une voix qui ne tremblait pas.

Puis elle se tourna vers l'inconnu.

— Vous dansez, monsieur ? demanda-t-elle.

Son cœur battait la chamade tandis qu'elle attendait la réponse. Dans un brouillard, elle eut conscience du coup d'œil effaré que lui lançait Susan, de la stupeur qui se lisait sur le visage de Jonathan.

Elle se força à soutenir le regard de l'inconnu, qui n'avait pas dit un mot. Sur ses traits réguliers, elle lut d'abord un certain étonnement, puis son cœur se serra quand elle vit son regard se durcir et devenir froid comme la pierre.

Prise d'une angoisse subite, elle comprit alors la folie

de son geste et faillit s'effondrer. Comment pouvait-elle ainsi se donner en spectacle? Cependant, la présence de Jonathan et Susan l'empêcha d'éclater en sanglots. Au prix d'un violent effort, elle réussit à dissimuler sa détresse et pria pour que l'inconnu n'ajoute pas à son humiliation en lui répondant par la négative. Le souffle court, les yeux embués de larmes, elle attendit, au supplice, certaine qu'il allait la rejeter et que cette soirée insensée tournerait à la catastrophe.

Tout à coup, l'inconnu lui posa la main sur le poignet, dans un geste ferme et doux à la fois qui la laissa pantoise. Les vapeurs de l'alcool s'évanouirent brusquement, et toute l'attention de Nicola fut alors en éveil. Qu'allait-il se passer à présent?

— Veuillez m'excuser, lança l'inconnu à l'adresse de Jonathan. Il semble que cette dame veuille danser...

Sa voix grave ne portait pas la moindre trace d'ironie, mais Nicola sursauta au mot « dame ». Il était évident qu'à cet instant et dans cette tenue, elle n'avait pas l'air d'une dame...

Le regard effaré de Jonathan allait de l'un à l'autre, mais il ne dit mot. Confusément, Nicola comprit qu'il était vexé de la voir lui échapper, mais qu'il n'osait pas défier l'inconnu. A l'évidence, la comparaison entre les deux hommes ne pouvait tourner qu'à son désavantage, et il le savait. Face à son interlocuteur, si maître de lui, à l'autorité si naturelle, Jonathan avait l'air d'un petit garçon.

Son plan fonctionnait! songea Nicola, à demi soulagée. Non seulement la catastrophe tant redoutée n'avait pas eu lieu, mais elle avait choisi sans le savoir l'homme de la situation, seul capable de moucher Jonathan.

— A plus tard, dit l'inconnu en se levant et en l'entraînant vers la piste.

Nicola se laissa guider docilement, sans réfléchir à autre chose qu'à sa victoire sur Jonathan et au camouflet qu'elle allait lui infliger.

Mais dès qu'elle fut entre les bras de l'inconnu, elle ne pensa plus qu'au plaisir de se laisser mener et s'abandonna de nouveau à la délicieuse torpeur provoquée par le champagne. A tel point qu'elle faillit trébucher et s'accrocha à l'épaule de son cavalier.

— Je pense que vous seriez mieux dans un lit que sur une piste de danse, lui glissa-t-il alors à l'oreille.

Dans son état de semi-conscience, Nicola eut un sursaut de lucidité. Comme il était simple d'éveiller le désir masculin, songea-t-elle, étonnée et flattée à la fois. Il lui avait suffi d'une robe moulante, d'une nouvelle coiffure et d'un peu d'audace pour que l'homme le plus séduisant de la soirée s'intéresse à elle et la trouve digne de partager son lit. Et Jonathan qui la prenait pour une oie blanche, qui disait qu'elle ne savait même pas embrasser ! Il n'en croirait pas ses yeux quand elle partirait au bras de son cavalier.

— Si vous y tenez, murmura-t-elle, parfaitement inconsciente des risques qu'elle prenait, et si vous ne voyez pas d'inconvénient à quitter la soirée si tôt...

— Quitter la soirée ? lança l'inconnu d'un ton coupant.

— Oui, balbutia Nicola. Vous habitez loin d'ici ? Il faut juste que je sois à mon travail demain matin, sinon...

Une voix derrière elle la fit sursauter. C'était Jonathan.

— Nicola ! Tu viens à ma table ? demanda-t-il d'un ton dégagé qui sonnait faux. Pourquoi me fais-tu faux bond ? Tu es ravissante ce soir...

Instantanément, Nicola se raidit et s'appuya d'instinct au bras de son cavalier. Cette réaction ne passa pas inaperçue de celui-ci. D'un œil froid, il estima la situation.

Bien sûr, il n'avait que faire de cette adolescente à moitié ivre qui lui offrait si négligemment son corps... Dans n'importe quelle autre situation, il l'aurait plantée là après lui avoir donné une leçon de morale. Mais l'abandonner à cet instant revenait à la remettre en les mains de ce minable Jonathan pour lequel il n'avait que mépris et qui, sans aucun doute, n'en ferait qu'une bouchée. Il ne la connaissait pas, mais elle ne méritait certainement pas un tel sort.

— Désolé, Jonathan, mais il est trop tard. Nicki et moi nous apprêtions à partir.

A son côté, Nicola se figea. Il l'avait appelée Nicki, comme le faisaient ses parents et ses plus proches amis. Et il avait clairement manifesté à présent sa volonté de finir la nuit avec elle.

Avant même de comprendre ce qui lui arrivait, elle sentit qu'il l'enlaçait et l'entraînait vers la sortie, sous le regard ébahi et courroucé de Jonathan. Elle aurait dû se réjouir de cette victoire si totale, mais les événements se précipitaient tant qu'elle ne savait plus que penser, en dehors du fait qu'elle était en train de perdre le contrôle de la situation.

— Vous avez un manteau? demanda-t-il en jetant un regard critique à sa robe.

— Non, répondit-elle. Mais... Jonathan?

— Jonathan? Oubliez-le, il n'est pas l'homme qu'il vous faut, répliqua-t-il aussitôt. Suivez-moi.

Cette fois, Nicola réprima une réaction d'effroi. A l'évidence, l'inconnu était pressé de l'emmener chez lui. Pour l'entraîner dans son lit... Dans quoi était-elle en train de s'engager? pensa-t-elle, affolée. Elle se jetait dans les bras d'un individu qu'elle ne connaissait pas, chez lequel elle s'apprêtait à passer la nuit, alors qu'elle était encore vierge! Elle était devenue folle. Un instant, elle faillit lui expliquer que tout ceci était un malentendu. Mais la seule idée de revenir seule dans la salle où avait lieu la réception et de croiser le regard triomphant de Jonathan suffit à la décourager.

Il était trop tard pour faire machine arrière. En silence, elle suivit l'inconnu sur le parking. Il lui ouvrit galamment la portière de sa voiture, une somptueuse Jaguar décapotable. L'habitable sentait délicieusement bon, une odeur luxueuse de cuir bien entretenu mêlée à un parfum subtil que Nicola reconnut sans peine : il s'agissait de l'eau de toilette de son cavalier.

Troublée, elle porta la main à son front et ferma les yeux.

— Vous n'allez pas être malade, au moins ! lança-t-il.

Elle secoua la tête, incapable de dire un mot. A la vérité, l'émotion et l'alcool aidant, elle était prise d'une telle torpeur qu'elle lutta bientôt contre le sommeil.

— Maintenant, vous allez me dire où vous habitez et je vais vous raccompagner chez vous, dit l'inconnu du ton directif qu'il aurait employé avec un enfant.

Mais Nicola n'entendit pas. Elle dormait déjà à poings fermés.

L'inconnu lui jeta un regard furieux et eut un soupir d'exaspération. Qu'allait-il faire de cette fille impossible, déguisée comme une danseuse des Folies-Bergère, et dont il ne savait rien en dehors du fait qu'elle avait l'air à peine sortie de l'adolescence ? Il ne pouvait tout de même pas l'abandonner sur la route !

Malheureusement, il n'avait pas d'autre choix que de la ramener chez lui, l'héberger pour la nuit et la renvoyer le lendemain matin en lui expliquant qu'elle avait eu de la chance de tomber sur lui... Car il était certain qu'un autre aurait tiré profit de la situation, de l'ivresse évidente de la jeune fille comme de son incroyable légèreté. D'autant qu'en faisant abstraction de sa tenue racoleuse, de son invraisemblable coiffure et de son maquillage outrancier, elle était fort jolie.

Une dernière fois, il essaya de la tirer de son sommeil, mais en vain.

Elle ouvrit un instant les yeux, bredouilla quelque chose qu'il ne comprit pas et se rendormit profondément.

Réprimant un mouvement d'humeur, il se résolut à la ramener chez lui. Voilà qui allait lui compliquer singulièrement l'existence, dans la mesure où il devait prendre un vol tôt le lendemain matin... Mais il n'avait pas le choix.

Aîné de trois jeunes sœurs, il avait appris à développer un important sens des responsabilités ; en toute conscience, il ne pouvait laisser cette jeune écervelée dans le mauvais pas où elle s'était elle-même placée...

3.

Nicola ouvrit les yeux et jeta un coup d'œil effaré autour d'elle.

Par les persiennes entrouvertes filtrait la lumière de l'aube. Décorée dans une harmonie subtile de beige et de gris, ornée de quelques rares meubles modernes, la chambre où elle se trouvait lui parut immense. Tout aussi immense était le grand lit aux draps fleurant bon la lavande dans lequel elle reposait.

Brusquement, elle se mit sur son séant et réalisa avec horreur qu'elle ne portait que sa petite culotte.

Où était-elle ? Dans quel endroit mystérieux avait-elle échoué, et dans quelles conditions ? Et pourquoi était-elle presque nue ?

Sa tête lui faisait mal, sa bouche lui sembla curieusement pâteuse. Peu à peu, les événements de la veille lui revinrent à la mémoire. Elle se souvint de la soirée donnée en l'honneur du père de Jonathan, des coupes de champagne dont elle avait abusé et de la délicieuse impression de ne plus contrôler les événements qui s'était ensuivie. Qu'avait-elle donc été amenée à faire sous l'emprise de l'alcool ?

Soudain, elle se vit dans les bras d'un bel inconnu, se laissant guider au son d'une musique langoureuse. Le souvenir se fit plus précis, émergeant des brumes de sa semi-conscience, et elle se figea d'horreur en réalisant de quelle façon la fête s'était terminée.

La veille au soir, elle s'était bel et bien jetée à la tête de cet homme dont elle ne connaissait même pas le nom, et n'avait pas émis la moindre protestation quand il avait suggéré de finir la soirée au lit, bien au contraire...

Portant la main à sa bouche pour retenir une exclamation d'horreur, elle en conclut qu'elle se trouvait dans le lit de ce même homme, et que selon toute vraisemblance ils avaient...

Effondrée, elle n'osa pas aller jusqu'au bout de sa pensée et réprima un haut-le-cœur. Etait-il possible qu'elle ait fait l'amour sans s'être rendu compte de rien, sans même percevoir dans son corps les stigmates de cette expérience qu'on disait si marquante ? C'était inconcevable !

Quand cet homme l'avait possédée, elle était si éméchée qu'elle ne gardait pas le moindre souvenir de la chose...

Comment avait-elle pu se mettre sciemment dans une situation si sordide ? se dit-elle avec un intense sentiment de dégoût pour elle-même. Elle avait perdu sa virginité dans les bras d'un homme dont elle ne savait rien, et, pour couronner le tout, elle avait entièrement oublié la scène !

Elle tentait en vain d'intégrer mentalement cette épouvantable évidence quand la porte s'ouvrit et qu'une haute silhouette apparut dans l'embrasure.

A la lumière du jour, l'inconnu était encore plus grand et musclé que dans son souvenir. Une serviette-éponge nouée autour des hanches, il venait de sortir de sa douche, à en juger par ses cheveux bruns encore mouillés. Avec ses imposants biceps et ses longues jambes musclées, il était l'image même de la virilité triomphante, pensa Nicola, le souffle court. Dire qu'elle avait passé la nuit dans ses bras et qu'elle ne s'en souvenait même plus ! Elle devait être ivre morte...

Il portait un plateau, qu'il déposa sur la table de nuit, et

sur lequel Nicola aperçut une tasse de café et un crois-
sant. Sans remarquer le mouvement de recul effrayé de la
jeune femme, il rompit enfin le silence.

— Je suis content de voir que vous êtes réveillée. En
effet, je dois partir dans une demi-heure. Je vous déposse-
rai en allant à l'aéroport, poursuivit-il d'une voix qui ne
trahissait pas la moindre gêne. Je vous ai apporté du café.
Si vous avez besoin d'une aspirine, il y en a dans la salle
de bains à côté.

Il était si coupant, si pragmatique ! pensa Nicola, choquée. Après ce qu'ils avaient partagé, pas un mot pour,
sinon la mettre à l'aise, du moins tenter de la décontrac-
ter. Il devait pourtant bien se rendre compte qu'elle était
morte de honte ! Quand il s'assit au bord du lit, elle sentit
son pouls s'accélérer.

— Vous êtes bien pâle, dit-il alors d'un ton neutre.
Vous devriez aller vous passer de l'eau sur le visage.

Elle fit un effort pour se ressaisir et garder un semblant
de dignité.

Tout à coup, elle aperçut son propre reflet dans un
miroir posé sur la table de nuit et se rendit compte avec
stupéfaction qu'elle ne portait plus la moindre trace de
maquillage. L'homme dut comprendre la signification du
geste qu'elle fit en se touchant la joue pour s'en assurer,
car il expliqua :

— C'est moi qui vous ai enlevé tout ça.

Il l'avait démaquillée à son insu ! Quels autres gestes
avait-il eus à son égard, et qu'elle ne connaîtrait jamais ?
s'interrogea-t-elle en rougissant malgré elle.

Cette fois, la situation lui apparut dans toute son horreur. Elle avait passé la nuit dans ses bras, il avait fait
d'elle une femme, et elle ne saurait jamais ce qui s'était
réellement passé ! Il lui semblait tout à coup que son
corps ne lui appartenait plus, qu'elle avait été dépossédée
de ce qu'elle avait de plus cher...

Comment un homme pouvait-il être assez abject pour

profiter ainsi de la faiblesse d'autrui? Comment pouvait-on faire l'amour à une femme inconsciente? Bien sûr, c'était elle qui l'avait provoqué, mais comment aurait-elle pu imaginer une issue si sordide?

Il bougea légèrement sur le lit et elle recula comme si elle craignait qu'il ne l'attaque.

Matt fronça les sourcils, soudain en alerte devant une telle réaction.

Cette petite écervelée n'imaginait tout de même pas qu'il avait abusé de la situation? Cette hypothèse lui parut tellement grotesque que, si la jeune fille n'avait pas eu l'air si désespéré, il aurait éclaté de rire. Elle était si désarmante, et s'était abandonnée avec une telle confiance entre ses bras quand il l'avait déshabillée et démaquillée avant de la mettre au lit et de la border, comme il l'aurait fait pour une de ses sœurs! Pas un instant il n'avait songé à autre chose qu'à la protéger d'elle-même.

Décidément, elle ne savait pas quelle chance elle avait d'être tombée sur lui, se dit-il. Mais elle semblait si écervelée, si irresponsable qu'elle n'avait peut-être même pas mesuré les dangers auxquels elle s'exposait.

Il ne lui avait pas fallu longtemps pour comprendre qu'elle s'était amourachée de ce bellâtre de Jonathan Hendry, sans rien trouver de mieux à faire pour éveiller sa jalousie que de se jeter à la tête du premier venu. C'est-à-dire lui-même... S'il n'avait pas insisté pour l'emmener lorsque Jonathan, visiblement vexé, était revenu à la charge, elle aurait probablement fini la nuit entre ses bras. Pour être délaissée dès le lendemain matin, à n'en pas douter.

Il scruta un instant le visage anxieux de la jeune fille. Elle semblait si vulnérable qu'il jugea nécessaire de lui donner une bonne leçon, pour lui apprendre une fois pour toutes à se méfier des hommes.

Soudain, une idée germa dans son esprit. Puisque à l'évidence elle pensait qu'il avait abusé d'elle, il ne ferait rien pour la détromper, bien au contraire. Ainsi, peut-être comprendrait-elle les risques qu'elle encourait à jouer avec le désir masculin? Et quand elle aurait eu bien peur, il lui avouerait que rien ne s'était passé entre eux. Elle en serait quitte pour une bonne frayeur, mais l'expérience serait salutaire.

Le procédé était certes un peu cruel, mais se révélerait sûrement efficace.

Alors, au lieu de s'éclipser comme il en avait eu l'intention tout d'abord, il se rapprocha de Nicola.

— Que se passe-t-il? dit-il de sa voix grave. Tu n'étais pas si farouche, hier soir...

Il vit se rallumer dans les yeux de la jeune fille une lueur d'effroi, et, pris de pitié, faillit faire machine arrière. Mais il se décida pourtant à poursuivre, pour le bien de son interlocutrice.

— Je ne t'ai pas déçue, n'est-ce pas? Je sais que c'était une première pour toi, mais tu as été très à la hauteur.

Il posa la main sur l'épaule de Nicola et fut frappé par la douceur de sa peau. Encore quelques minutes, pensa-t-il, et il arrêterait cette comédie.

Tétanisée par l'angoisse, Nicola ferma les yeux. L'inconnu était si proche qu'elle sentait son souffle lui caresser la nuque. Pourvu qu'il n'essaye pas de nouveau, de..., pensa-t-elle, affolée. Cette fois, elle se débattrait — mais il était si grand, si fort que la bataille était perdue d'avance.

— Que se passe-t-il? murmura-t-il alors, tandis que sa main descendait vers le buste de la jeune fille.

A travers le drap, il sentit la rondeur d'un sein, qu'il enserra de sa paume. Bouleversée par ce contact si intime, Nicola sursauta, et Matt songea que la leçon avait peut-être assez duré. Mais sa compagne, immobile, n'essaya pas de se soustraire à ses avances. Lèvres entrouvertes, paupières mi-closes, le souffle court, elle était comme tétanisée, à la merci de cet homme dont les caresses réduisaient sa volonté à néant.

Alors, cédant au désir qui montait en lui, mû par une force incontrôlable, Matt se pencha vers elle et prit ses lèvres.

Cette fois, Nicola reprit conscience de la réalité. D'un mouvement brusque, elle s'écarta de son agresseur, sans se rendre compte que le drap glissait et dévoilait ainsi sa nudité.

Elle était si belle et désarmante ainsi dévêtue, avec cet air d'adolescente effarouchée malgré sa poitrine aux rondeurs voluptueuses, que, l'espace d'un instant, Matt s'imagina la possédant, lui apprenant les gestes de l'amour, la sentant gémir sous lui. Jamais il n'avait ainsi été en proie à un désir si brut, si animal.

Elle continuait à se débattre pour se libérer, sans se rendre compte qu'elle exacerbait d'autant l'envie qu'il avait d'elle. Il tenta de la retenir, mais, dans le mouvement brusque qu'il fit, la serviette qu'il avait fixée autour de ses hanches se dénoua et il se trouva nu.

Devant le regard atterré que Nicola lui lança, il comprit alors à quel point elle était innocente et reprit tout à coup le contrôle de lui-même. A l'évidence, et à en juger par ses yeux écarquillés d'étonnement, elle n'avait jamais vu un homme dans l'état de désir où il était... Elle était donc plus irresponsable encore qu'il ne l'avait imaginé.

Décidément, dans toute cette affaire, il avait manqué de perspicacité, se dit-il, troublé et vaguement penaud. Sous peine de voir le jeu tourner mal, il fallait en finir et mettre un terme à cette étrange situation.

D'autorité, il prit la main de la jeune fille et la plaqua contre lui.

— Tu vois l'influence que tu as sur moi ? murmura-t-il. Et si je prenais l'avion suivant ?

Devant l'air décomposé de Nicola, il regretta son geste audacieux et volontairement provoquant, mais il était trop tard pour revenir en arrière. En voulant lui faire peur pour la décourager à jamais d'avoir un comportement aussi léger, il l'avait bel et bien traumatisée...

Il comprit alors qu'il était allé trop loin. Il avait joué avec le feu en imaginant cette leçon si particulière, et n'avait réussi qu'à terroriser son élève. Il s'apprêtait enfin à lui dévoiler le pot aux roses et à lui présenter ses excuses quand le téléphone sonna.

— Ne bouge pas, je le prends dans le salon! dit-il en se levant d'un bond. Je reviens dans un instant.

Dès qu'il eut quitté la pièce, Nicola sauta hors du lit, le cœur battant.

Tremblant de la tête aux pieds, elle jeta un regard affolé autour d'elle à la recherche de ses vêtements. Ils étaient posés en tas dans un fauteuil, et elle s'en empara avec précipitation. Tout en s'habillant à la hâte, elle entendait la voix de l'inconnu à travers la cloison. Pourvu que cette conversation providentielle dure le plus long-temps possible! pria-t-elle silencieusement. Là était sa seule chance de salut.

Par bonheur, son souhait fut exaucé. Dès qu'elle fut habillée, elle gagna à pas furtifs le hall d'entrée, tandis que l'entretien téléphonique se prolongeait. Sans faire le moindre bruit, elle déverrouilla la porte et se retrouva sur le palier, dans ce qui devait être une résidence de luxe à en juger par l'épaisse moquette et les luminaires de prix qui décoraient les murs. Encore quelques minutes, et elle serait libre, pensa-t-elle en attendant l'ascenseur.

Au rez-de-chaussée, elle courut plutôt qu'elle ne marcha pour traverser le grand hall dallé de marbre, sous le regard étonné d'un gardien en casquette.

Enfin, elle fut dehors, saine et sauve.

Dans l'avenue de ce quartier que Nicola reconnut comme un des plus chic de Londres pour l'avoir traversé

à plusieurs reprises, un soleil gai illuminait hôtels parti-
culiers et résidences élégantes.

De l'autre côté de l'avenue, Nicola aperçut un arrêt de
bus. Justement, un véhicule arrivait. Sans se soucier du
danger, elle coupa la route pour traverser, s'attirant ainsi
les foudres d'un automobiliste qui klaxonna rageusement.

Mais peu lui importait. L'essentiel était d'être au plus
vite chez elle, pour pouvoir se soustraire au regard des
autres, s'enfermer et pleurer.

Quand elle pénétra dans le bus, le conducteur l'accueillit avec une remarque désapprobatrice.

— Vous devriez faire plus attention en traversant,
mademoiselle. Un de ces jours, vous aurez des ennuis,
dit-il d'un air sévère.

Des ennuis ! Après ce qu'elle venait de vivre, cela ne
signifiait pas grand-chose pour elle !

Le conducteur n'insista pas, mais le regard critique
qu'il lança à Nicola en disait long sur ce qu'il pensait de
cette fille si jeune et déjà si désabusée. Une droguée,
probablement, qui n'avait même pas de quoi s'acheter
une tenue correcte. Avec sa robe moulante qui dévoilait
la moitié de ses cuisses, fort jolies d'ailleurs, elle ne
passait pas inaperçue. Un jour, elle aurait vraiment des
ennuis...

Au bureau, trois jours durant, Nicola supporta sans
broncher les commentaires acerbes de Jonathan sur celui
qu'il appelait M.H. et sur ce qui s'était passé entre eux
après la réception. Puis, quand il lui eut demandé pour la
dixième fois comment allait son nouvel amant, elle
comprit qu'elle ne supporterait pas plus longtemps ses
sarcasmes. Quitter le cabinet était la seule solution pour
préserver le peu d'équilibre nerveux qui lui restait.

D'ailleurs, son souhait le plus cher était de s'éloigner
au plus vite de Jonathan et de tout ce qui lui rappelait
cette soirée fatale et sa déchéance.

Pendant la journée, elle parvenait à ne pas trop songer à ce mystérieux M.H. Mais ses nuits étaient peuplées de rêves troublants où il tenait le premier rôle, et où s'entre-mêlaient confusément réalité et fiction. La réalité des mains possessives de l'inconnu, de ses lèvres sur les siennes, mêlée à ce qui avait dû se passer cette nuit dans son lit et qu'elle ne saurait jamais...

Une semaine durant, Nicola vécut dans l'angoisse d'être enceinte. Le retard inhabituel qui l'affola devait être mis sur le compte du traumatisme qu'elle avait subi, se dit-elle quand, enfin, elle fut rassurée.

Puis vint le temps des interrogations sur elle-même, sur cette autre personne qu'elle était devenue après cette nuit passée dans les bras de l'inconnu.

Qu'elle le veuille ou non, qu'elle en ait ou non le souvenir, elle n'était plus la même. Malgré elle, elle était devenue une femme, et ne pourrait plus jamais être la jeune fille insouciante d'autrefois.

Elle était marquée pour toujours du sceau de la culpa-bilité. Sa propre image désormais détruite à ses yeux, elle n'avait plus de respect pour elle-même.

Toute sa vie, elle paierait le fait d'avoir joué avec son corps sans mesurer les conséquences de ses actes.

Elle n'osait plus regarder un homme en face, de peur qu'il ne devine ce qui s'était produit et n'essaie de profiter d'elle. Son seul désir était de se cacher, de se soustraire aux regards masculins.

Huit jours après la réception qui avait bouleversé son existence, elle donna sa démission, paya son reliquat de loyer et regagna la maison familiale.

Quelques jours après le départ de Nicola, Matt rentra de New York. Malgré la surcharge de travail à laquelle il devait faire face, il chercha par tous les moyens à entrer en contact avec l'étrange jeune fille qui avait passé la nuit chez lui, mais ses tentatives ne furent pas couronnées de succès.

Quand elle s'était enfuie, Matt n'avait tout d'abord pas mesuré les conséquences de cette disparition. Bientôt, cependant, il réalisa à quel point ce qu'il lui avait fait croire à tort pouvait être traumatisant. Il fallait absolument qu'elle sache que rien ne s'était passé entre eux.

Mais malgré tous ses efforts, il ne put retrouver sa trace. Le cabinet d'architectes du père de Jonathan, qu'il consulta dès son retour de New York, fut incapable de lui fournir la moindre information sur cette personne qu'ils employaient depuis peu. Il apprit qu'elle les avait quittés du jour au lendemain sans leur dire où elle allait.

Les semaines passèrent. Peu à peu, repris par le rythme effréné de sa vie professionnelle, Matt oublia cette étrange nuit.

Néanmoins, de temps à autre, le souvenir de l'inconnue surgissait insidieusement dans sa mémoire. Alors, un trouble étrange et inhabituel l'envahissait. Avec une étonnante précision, il revoyait les grands yeux bleus effarouchés de la jeune fille, sa bouche sensuelle, il se remémorait la rondeur et la chaleur de son sein sous sa caresse.

Il avait d'autant plus de mal à comprendre à quel point elle l'avait impressionné qu'il n'avait pas pour habitude d'être ainsi vulnérable face au sexe féminin.

Peu désireux de se fixer, il se contentait d'ordinaire de liaisons éphémères, auxquelles il mettait un terme dès que ses conquêtes exigeaient de lui un engagement sentimental.

Pourquoi cette inconnue avait-elle imprimé sa marque dans sa mémoire, comme jamais aucune femme avant elle ?

Pourquoi éprouvait-il une intense émotion quand il songeait à elle, si fragile et en même temps si désirable ?

Bientôt cependant, il chassait ces souvenirs de sa mémoire. A quoi bon ressasser le passé et s'interroger sur lui-même? Il était parfois inutile, et même dangereux, de chercher à percer certains mystères.

D'autant qu'il ne reverrait certainement jamais l'inconnue dont il ignorait jusqu'au nom de famille.

L'aboiement sourd d'un chien dans le lointain ramena brutalement Nicola à la réalité.

Les années avaient passé, mais le traumatisme ne s'était pas atténué. Jusqu'à la fin de ses jours, elle éprouverait la même sensation d'horreur à la pensée qu'elle avait fait l'amour avec un homme sans en conserver le moindre souvenir.

Elle s'était débarrassée depuis bien longtemps du maquillage et de la robe et avait porté pendant des mois un chignon pour dissimuler sa permanente, qui avait fini par disparaître, mais le sentiment de culpabilité qui la rongeait était toujours aussi vif.

Voilà pourquoi elle vivait depuis une existence marquée du sceau de la discrétion et de la pudeur, cherchant par tous les moyens à passer inaperçue du sexe masculin.

Parfois, lorsqu'elle bavardait avec ses proches amies, celles-ci parlaient de leurs fiancés du moment en évoquant sur le ton de la plaisanterie certains détails salaces. Alors, Nicola souriait d'un air absent, et s'arrangeait pour faire dévier la conversation.

Elle n'avait rien à dire sur le sujet. D'abord, parce que sa seule expérience sexuelle ne lui avait laissé aucun souvenir, et ensuite parce que ses rapports avec Gordon étaient plus que restreints sur le plan physique. Gordon ne s'intéressait pas à la chose, et c'était une des raisons qui avaient poussé Nicola à le fréquenter. Avec lui, en dehors de quelques baisers furtifs, le problème ne se posait pas, et cette tranquillité était exactement ce que recherchait la jeune fille.

Certaines nuits cependant, elle se réveillait en sursaut,

tenaillée par un malaise diffus. Alors, dans la pénombre, elle rêvait à ce que ses amies avaient, et qu'elle ne connaîtrait jamais : une relation amoureuse épanouissante, la perspective de la plénitude de la vie à deux, la joie du désir assouvi et d'une sensualité comblée.

Mais bien vite, elle revenait à la raison. Ce bonheur-là n'était pas pour elle, car sa propre image en tant que femme était salie à jamais à ses yeux. Par sa faute...

Bien sûr, d'autres auraient réagi de façon moins dramatique dans le même cas. Après tout, l'inconscience dont elle avait fait preuve n'était pas rare chez certaines adolescentes, et le comportement qu'elle avait eu, certes stupide et dangereux, n'avait causé de mal qu'à elle-même. Mais au lieu de prendre du recul par rapport à ces événements et de relativiser sa faute, elle se complaisait dans une autocritique destructrice et obsessionnelle.

Personne n'avait jamais rien su de cet épisode : Nicola portait seule son fardeau, ce qui aggravait encore son incapacité à l'accepter. Peut-être une oreille attentive aurait-elle suffi à débloquer la situation, à aider la jeune fille à remettre les choses à leur juste place... Mais Nicola était incapable de confier son secret.

Elle poussa un profond soupir et Honey se leva paresseusement pour aller se frotter contre ses mollets. Ce geste affectueux éclaira d'un sourire le visage de Nicola.

— Oh ! Honey, murmura-t-elle en la caressant. Qu'est-ce que je vais devenir s'il me reconnaît ?

Luttant contre le sentiment de panique qui l'envahissait à cette idée, elle tenta de se raisonner. Si Matthew Hunt n'avait pas fait jusque-là le rapprochement entre elle et la jeune fille qui avait passé la nuit chez lui huit ans auparavant, il n'y avait plus de danger.

Et pourtant, elle ne parvenait pas à se sentir soulagée. Peut-être qu'un jour, au moment où elle s'y attendrait le moins, un geste, une intonation de voix aiderait son patron à faire le lien ? Ce jour-là, le monde s'écroulerait pour elle...

Bien sûr, l'attitude la plus sage aurait été de donner sa démission et de quitter la ville, pour mettre entre eux la plus grande distance possible et ne pas prendre de risque. Mais comment expliquer à ses parents et à ses proches les raisons d'une telle décision ? Connaissant son attachement à sa ville et l'intérêt qu'elle portait à son travail, ils n'auraient pas manqué de s'étonner de ce revirement. Elle se sentait incapable d'affronter leurs questions et de leur donner leur change.

Sous peine d'aller au-devant de nouveaux ennuis, mieux valait ne pas se faire remarquer.

Si elle restait sur ses gardes, si elle parvenait à dissimuler son trouble lorsqu'elle se trouvait en présence de son patron, tout irait bien, se dit-elle pour se rassurer.

Mais elle devait faire preuve de vigilance. Ainsi, au cours de la réunion de l'après-midi, elle avait senti à plusieurs reprises le regard insistant de Matthew Hunt posé sur elle, et avait eu toutes les peines du monde à garder son sang-froid. Après l'avoir observé du coin de l'œil, elle était parvenue à calmer ses craintes : il la dévisageait de l'air scrutateur d'un patron qui jauge ses futurs collaborateurs, rien de plus.

Ce qui n'avait d'ailleurs rien d'étonnant : riche et séduisant comme il l'était, il devait être habitué à côtoyer des créatures de rêve, autrement plus sexy qu'elle avec son tailleur strict et son visage à peine maquillé.

Manifestant ainsi son désir de rentrer à la maison retrouver son coussin moelleux, Honey grogna doucement en remuant la queue, et Nicola se leva. Assez rêvassé, pensa-t-elle. Bavarder avec sa mère lui changerait les idées.

— Bonne promenade ? lança Mme Linton d'un ton enjoué. Ton père vient seulement de rentrer, et j'ai préparé une tisane. Ah ! j'allais oublier : Christine vient de téléphoner. Elle m'a chargée de te rappeler qu'elle t'attend bien pour dîner la semaine prochaine.

— Oui, j'avais noté, répondit Nicola.

Christine était une de ses plus vieilles amies. Mariée à Mike, un avocat qui venait d'ouvrir son cabinet, elle avait cessé de travailler pour s'occuper de ses deux jeunes enfants et assister son époux dans sa comptabilité.

Le spectacle du couple heureux et équilibré qu'ils formaient réjouissait Nicola, mais parfois son cœur se serrait d'envie quand elle songeait au bonheur de son amie, à l'évidence très amoureuse de son mari. Ces joies-là ne seraient jamais pour elle...

— Comment est ton nouveau patron? demanda M. Linton en s'installant sur le canapé du salon.

A cette question toute simple à laquelle elle s'était pourtant préparée, Nicola se figea. Voilà ce qui l'attendait dorénavant quand on l'interrogerait sur Matthew Hunt, pensa-t-elle, au supplice. Le malaise, la honte, la crainte de se couper...

— C'est un professionnel chevronné, dit-elle en réprimant par miracle le tremblement de sa voix. Mais il est un peu tôt pour le juger. Je ne l'ai vu que quelques heures, tu sais.

— D'après ce que j'ai entendu dire, c'est un négociateur redoutable doublé d'un travailleur infatigable. Je crois qu'il a fait une très bonne affaire en rachetant cette entreprise. Une fois intégrée à son réseau, elle ne pourra que se développer. A-t-il l'intention de la diriger lui-même?

— Non. Il compte nommer un directeur général, qu'il débauchera d'une de ses autres sociétés.

— Et qui deviendrait ton patron, c'est ça? demanda Mme Linton en servant la tisane.

— Oui, répondit Nicola.

Dans toute cette affaire, c'était la seule lueur positive, pensa-t-elle. Au moins, elle ne côtoierait pas Matthew Hunt au quotidien...

— Donne-nous quelques détails! Comment est-il? Jeune, beau? Est-il marié?

La jeune femme posa sa tasse et jeta un regard agacé à sa mère. Comme toujours, elle tentait d'éveiller l'intérêt de Nicola pour d'autres hommes que Gordon. Elle ne savait pas à quel point elle faisait fausse route...

— Je t'en prie, maman..., murmura-t-elle d'un ton las.

— Oh! ne prends pas la mouche, Nicola! Tu sais que je n'ai rien contre Gordon, mais franchement, je ne le trouve pas très amusant. Tu pourrais sûrement...

— Gordon est un ami, rien de plus pour l'instant, coupa Nicola.

— Très bien, très bien, rétorqua Mme Linton, la mine renfrognée. C'est égal, je serais curieuse de voir quelle tête a ton nouveau patron...

4.

Sa mère n'était pas la seule à s'interroger sur Matthew Hunt, comprit Nicola en arrivant au travail le lendemain matin. Dans les bureaux, les langues allaient bon train sur le nouveau patron, chacun vantant son charme étonnant et son évidente autorité naturelle. A n'en pas douter, il avait fortement impressionné l'ensemble du personnel. Tous espéraient sans le dire qu'il insufflerait un nouvel élan à la société, qui ces derniers temps s'assoupissait doucement en perdant régulièrement des parts de marché.

Nicola fut soulagée d'apprendre par Evie que Matthew Hunt ne leur rendrait pas d'autre visite avant la fin de la semaine. Des tâches plus urgentes l'appelaient à Londres, et il était donc fort probable que la nomination d'un nouveau directeur général n'interviendrait pas dans l'immédiat.

Dans l'intervalle, Alan assurerait la direction de l'entreprise en réglant les affaires courantes jusqu'à son départ définitif. Contrairement à l'usage, il avait choisi de ne pas marquer celui-ci par une cérémonie officielle. Il n'y aurait donc ni dîner de gala, ni buffet, ni remise de cadeaux, ce dont Nicola s'était étonnée, tout en comprenant les raisons profondes de cet homme blessé. Elle savait cependant que les ouvriers en particulier, moins au fait des problèmes personnels de Alan, auraient du mal à admettre que leur directeur s'éclipse aussi discrètement.

Le jeudi matin, la nouvelle tomba, inattendue : le lendemain, vendredi, Matthew Hunt serait dans l'entreprise pour présenter le nouveau directeur général.

Il ne restait plus beaucoup de temps aux uns et aux autres pour s'assurer que les contrats en cours étaient au point, et tout en place pour accueillir au mieux le nouvel arrivant. La journée fut consacrée pour Nicola à une inspection générale des différents services et à une dernière mise à jour de ses propres dossiers.

Malgré l'imminence de son départ, Alan affichait quant à lui une indifférence absolue, preuve s'il en fallait de son incapacité à gérer la société. A la vérité, pensa Nicola en pénétrant dans son bureau après avoir frappé discrètement, et en l'apercevant l'œil vague derrière un amoncellement de papiers, cela faisait déjà longtemps qu'il avait quitté mentalement son poste, même s'il assurait toujours une présence physique. Le jour même du décès de son fils, quelque chose s'était cassé en lui, et rien par la suite n'avait pu lui redonner le goût de se battre pour l'entreprise à laquelle il s'était pourtant jusque-là entièrement consacré.

— Voulez-vous que je vous aide à classer vos dossiers ? lui demanda Nicola avec douceur. Autant commencer, puisqu'il faudra tout débarrasser le jour où vous voudrez récupérer votre bureau. C'est un meuble magnifique !

Il jeta un regard indifférent vers l'immense table d'acajou aux pieds sculptés.

— Oui, je l'ai acheté chez un antiquaire à prix d'or, il y a bien longtemps. Mais je compte le laisser ici.

Il eut un sourire amer.

— A quoi bon le rapporter chez moi ? ajouta-t-il d'une voix lasse. Il ne me servira plus à rien, à présent.

Le cœur serré, Nicola ne répondit pas, mais elle se promit en son for intérieur de veiller à entreposer le bureau dans un endroit sûr. Un jour ou l'autre, Alan regretterait de l'avoir abandonné et serait heureux de le retrouver en bon état.

Ce même soir, quand elle regagna son domicile, sa mère l'accueillit avec un air surpris.

— Il est bien tard ! Que t'est-il arrivé ? demanda-t-elle.

— J'avais quelques dossiers à revoir. Tu sais, au bureau c'est le branle-bas de combat : le nouveau directeur général arrive demain, expliqua Nicola. Il fallait tout mettre à jour. Gordon a-t-il appelé ?

— Non, personne n'a téléphoné pour toi.

Nicola réprima un mouvement de mauvaise humeur. Il était entendu que Gordon passerait la prendre pour l'emmener à un concert en ville et lui confirmerait l'heure par téléphone. Pourquoi donc n'avait-il pas donné signe de vie ?

Dès qu'elle eut pris une douche et troqué son tailleur contre un jean et un T-shirt qui lui donnaient l'air d'une adolescente en soulignant sa silhouette gracile, elle téléphona chez la mère de Gordon.

Car, à trente-quatre ans passés, Gordon vivait toujours chez sa mère...

Quand Nicola s'était étonnée de son peu d'empressement à s'installer dans son propre appartement, il lui avait répondu sèchement que sa mère était seule depuis son veuvage, de santé fragile, et qu'elle avait besoin de lui. Nicola avait alors jugé plus prudent de ne pas insister. D'ailleurs, elle était mal placée pour faire des commentaires sur le sujet. N'habitait-elle pas elle-même aussi chez ses parents, par pur plaisir de les côtoyer ?

— Qui est à l'appareil ? interrogea la voix nasillarde de la mère de Gordon.

Nicola la salua et se présenta, demandant à parler à Gordon.

— Il est à table, s'entendit-elle répondre d'un ton sec. Je vous le passe, mais j'espère que vous ne le garderez pas trop longtemps, sa soupe va refroidir.

Décidément, Mme Jones était bien désagréable, songea la jeune femme, agacée, tout en attendant l'arrivée de Gordon.

Quand il prit enfin l'appareil, elle sentit tout de suite au timbre de sa voix qu'il était mal à l'aise.

— Nicola ? Ah ! c'est toi !.Bonsoir, dit-il.

— Alors ? s'exclama-t-elle d'emblée sans chercher à dissimuler son irritation. Je croyais que tu venais me chercher pour aller au concert !

— C'est-à-dire que..., balbutia Gordon, visiblement gêné. J'allais justement te prévenir... Maman ne se sent pas très bien, et je préfère rester à la maison ce soir.

Après un bref échange, Nicola raccrocha sans chercher à provoquer une explication. Puis elle resta un long moment immobile, la main toujours posée sur le combiné.

Non seulement, une fois encore, Gordon préférait la compagnie de sa mère à la sienne, mais il ne prenait même pas la peine de l'avertir que ses plans pour la soirée avaient changé. Il exagérait ! D'autant que c'était lui qui avait suggéré cette sortie au concert, lui qui avait insisté pour qu'elle l'accompagne alors qu'elle n'en avait que modérément envie.

Furieuse, elle décida d'aller rendre visite à son amie Christine, qui habitait dans le voisinage, pour se changer les idées.

— Tu te rends compte que si je n'avais pas pris l'initiative de l'appeler, je serais encore en train de l'attendre comme une imbécile ! lui expliqua-t-elle, à peine arrivée.

— Entre nous, Nicola, je ne vois pas pourquoi tu te mets dans des états pareils à propos de Gordon..., rétorqua Christine après un temps de réflexion. Je suis sûre qu'au fond tu ne tiens pas à lui. Il suffit de vous regarder ensemble cinq minutes pour comprendre que vous n'avez rien de commun.

— Peut-être, mais..., commença Nicola d'une voix mal assurée.

— Alors, pourquoi sors-tu avec lui? insista son amie.

— Oh, je t'en prie, Christine, n'en parlons plus! répondit Nicola, éludant la question.

Et elle lança habilement Christine sur ses enfants, sujet sur lequel elle savait son amie intarissable.

Le lendemain matin, Evie accueillit Nicola avec un air de conspiratrice.

— M. Hunt est là, chuchota-t-elle. Mais contrairement à ce qu'il avait annoncé, il est seul.

Nicola s'était aperçue de la présence de Matthew avant même d'entrer dans les bureaux. En effet, elle avait repéré sur le parking un superbe coupé Jaguar qui ne pouvait que lui appartenir. Décidément, ce personnage avait de multiples facettes, songea-t-elle en se remémorant la Land Rover en mauvais état qu'il conduisait la fois précédente.

— Quel homme, ce nouveau patron! s'exclama Evie avec des trémolos dans la voix. Si je n'avais pas mon Danny...

Elle ponctua cette remarque d'un gloussement strident qui mit à mal les nerfs déjà à vif de Nicola. Pourquoi Evie se croyait-elle obligée de faire des commentaires sur le physique de Matthew? Qui ne l'aurait trouvé séduisant?

Elle écoutait d'une oreille distraite la secrétaire l'interroger sur une commande en cours quand la porte s'ouvrit.

Sourire aux lèvres, plus élégant que jamais dans un costume trois-pièces pied-de-poule égayé d'une chemise rose pâle, Matthew Hunt dévisagea les deux jeunes femmes.

Son regard ne fit que passer sur Evie, rougissante d'émotion, mais s'attarda si longuement sur Nicola que celle-ci sentit une peur panique l'envahir. Pourquoi l'observait-il ainsi? Avait-il tout à coup remarqué un détail qui lui rappelait la jeune fille qui s'était donnée à lui sous l'empire de l'alcool, huit ans auparavant?

Paralysée par l'angoisse, elle soutint ce regard scrutateur au prix d'un effort surhumain.

Lentement, il détailla la tenue passe-partout de Nicola, jupe plissée bleu marine d'une longueur plus que raisonnable, chemisier blanc et lavallière à pois, puis ses yeux parcoururent le visage au teint de porcelaine de la jeune femme pour se fixer enfin sur sa bouche aux lèvres bien dessinées.

— Alan est-il là? demanda-t-il enfin.

Nicola répondit par la négative en expliquant qu'il s'était rendu chez un client pour régler un problème ponctuel. Par loyauté à l'égard de son ancien patron, elle se garda bien d'ajouter que le client, mécontent du retard dans les travaux, avait convoqué Alan pour exiger une explication.

— Le chantier de rénovation de la boutique au centre-ville? reprit Matthew. J'ai parcouru rapidement le dossier, et il me semble que les délais seront difficiles à tenir. J'espère qu'aucune indemnité de retard n'a été signée. Mais je verrai cela plus tard.

A cet instant, Evie intervint.

— Désirez-vous une tasse de café, monsieur Hunt? demanda-t-elle avec un sourire béat.

Matthew se tourna vers la jeune fille. Dans le regard qu'il lança à Evie, Nicola surprit une lueur qui l'étonna et la blessa tout à la fois. A l'évidence, Matthew trouvait la secrétaire charmante, et lui manifestait son intérêt avec l'indulgence amusée d'un adulte envers une petite fille.

Quelle différence avec la façon sévère et concentrée dont il l'avait elle-même toisée tout à l'heure! pensa Nicola avec un étrange pincement au cœur. Pourquoi n'avait-elle pas droit à la même indulgence?

Bien vite, cependant, elle se raisonna. Evie se comportait comme une femme-enfant, et les hommes la traitaient donc comme telle. Or elle-même n'avait que mépris pour ce type de comportement et se refusait au contraire à jouer de sa féminité. Bien plus, elle cherchait à tout prix à faire oublier qu'elle était une femme. Quoi d'étonnant donc à ce que Matthew Hunt l'ait dévisagée avec une telle froideur ? Pour lui, elle n'était rien d'autre qu'une de ses employées, et son sexe lui était parfaitement indifférent.

— Je vous en prie, appelez-moi Matthew, répondit ce dernier à Evie, avec un sourire qui lui donna soudain le charme déroutant d'un adolescent. C'est ainsi que je veux que mes collaborateurs s'adressent à moi. Oui, je prendrai volontiers du café. Dans le bureau d'Alan.

Puis il se tourna vers Nicola.

— Je désirerais m'entretenir avec vous quelques instants, dit-il du ton directif et néanmoins courtois qui lui était habituel.

Nicola se figea. Pourquoi cet entretien en tête à tête ? s'interrogea-t-elle, tout à coup sur le qui-vive. S'était-il aperçu de quelque chose ? Elle dissimula son appréhension et, acquiesçant d'un signe de tête, lui emboîta le pas.

— Asseyez-vous, Nicola. Il faut que je vous parle, dit-il en refermant la porte derrière eux.

Ce geste eut pour effet d'accentuer le malaise de la jeune femme. Elle se sentait comme un animal pris au piège, incapable de s'échapper si la situation tournait à son désavantage.

Car à présent, elle en était certaine : Matthew Hunt allait lui annoncer qu'il l'avait reconnue, et que dans ces conditions il lui demandait de donner sa démission.

Les secondes s'écoulèrent, aussi longues que des siècles. Planté devant la fenêtre à observer le parking, Matthew ne disait toujours rien, et la nervosité de Nicola croissait de minute en minute.

— C'est à propos d'Alan, lança-t-il à brûle-pourpoint en se retournant vers Nicola. Quelque chose m'étonne... et me déplaît, je vous l'avoue. Rien ne semble avoir été prévu pour fêter son départ.

Ce n'était que cela? Un tel soulagement envahit la jeune femme que, d'émotion, elle faillit se trouver mal. Incapable de prononcer la moindre parole, elle essaya de reprendre le contrôle d'elle-même, mais pas assez vite cependant pour éviter que Matthew ne s'aperçoive de sa pâleur.

— Vous avez un problème? demanda-t-il d'un ton préoccupé, tout en s'approchant d'elle.

— Non, non, tout va bien, lança-t-elle à la hâte.

Elle se redressa et, pour lui donner le change, reprit d'un ton détaché :

— Pour en revenir au problème que vous évoquiez il y a un instant, Alan a en effet souhaité prendre congé discrètement, ce qui peut se comprendre étant donné les circonstances.

— Certes, mais je n'en considère pas moins que ses collègues de travail doivent lui rendre hommage d'une façon ou d'une autre, et je suis surpris que la chose n'ait pas été prévue, répliqua-t-il sèchement.

Piquée au vif, Nicola prit cette réflexion pour une critique implicite à son égard. Cette fois, ce fut elle qui le toisa d'un regard distant.

— Vous serez donc ravi d'apprendre que la chose a été prévue, contre le propre désir d'Alan, et à mon initiative, déclara-t-elle d'un ton glacial.

En effet, Nicola avait lancé dans l'entreprise l'idée d'un cadeau commun et s'était chargée de récolter les fonds. Une fois la somme totale réunie, elle s'était mise en quête d'une coupelle en argent, qu'elle avait finalement trouvée chez un antiquaire. Enfin, elle avait fait graver dessus le nom de l'entreprise, et les dates auxquelles Alan l'avait respectivement fondée puis quittée.

Il ne restait plus qu'à organiser la petite fête au cours de laquelle on lui remettrait ce présent, ce dont la jeune femme ne s'était pas encore occupée.

Après avoir expliqué tout ceci à Matthew, elle conclut en ces termes :

— J'avais pensé que nous pourrions offrir le cadeau à Alan le jour d'entrée en fonctions du nouveau directeur.

— Ce n'était pas une mauvaise idée, dit Matthew, mais cette entrée en fonctions n'est pas prévue dans l'immédiat.

— Mais je croyais que...? s'étonna-t-elle.

— Je croyais moi aussi avoir trouvé la perle rare, coupa Matthew. Mais il se trouve que la personne en question vient d'avoir un accident et est immobilisée par une jambe mal en point. Il ne pourra pas prendre son poste avant des semaines, si tout se passe bien.

Nicola eut du mal à cacher sa surprise.

— Et dans l'intervalle, demanda-t-elle, qui va diriger l'entreprise ?

— Moi, répondit Matthew, sans s'apercevoir du choc qu'il causait à son interlocutrice. Avec votre assistance, bien sûr. Je compte beaucoup sur votre collaboration efficace pour m'aider à mener cette tâche à bien. Alan ne tarit pas d'éloges sur votre compte, et je ne demande qu'à le croire. Vous semblez douée d'intiative, et j'apprécie en vous, autant que j'aie pu en juger, un véritable intérêt pour autrui, ce qui est très précieux et de plus en plus rare. Vous me serez d'une grande aide, je n'en doute pas un instant.

A sa grande surprise, Nicola éprouva alors un intense sentiment de joie. Joie de se savoir appréciée, joie de constater que Matthew la croyait suffisamment capable pour le seconder.

Dans ces conditions, la perspective de devenir sa plus proche collaboratrice l'effrayait beaucoup moins qu'elle ne l'aurait cru...

Au fil des jours, Nicola alla de surprise en surprise en côtoyant Matthew.

Plus elle l'observait gérer au quotidien les problèmes de la société, plus son opinion sur lui s'affinait et se précisait.

Derrière l'homme d'affaires dur et uniquement soucieux des résultats qu'elle avait imaginé, se profilait un autre Matthew Hunt, tout en nuances et doué d'une étonnante sensibilité. Ce patron-là se révélait réellement soucieux du bien-être de ses employés, et cherchait par tous les moyens à établir dans l'entreprise un climat de communication et d'échange.

Avec un talent qui lui était propre, il savait se montrer disponible et à l'écoute de chacun, même du plus humble, tout en affirmant sans aucun doute possible une autorité que personne ne songeait à remettre en question.

Par ailleurs, il avait tout de suite décelé parmi les employés ceux sur lesquels on pouvait compter... et les autres.

Il n'en avait pas encore parlé à Nicola de façon explicite, mais la jeune femme le soupçonnait de chercher à se débarrasser au plus vite des éléments indésirables, ce qu'Alan aurait dû faire depuis longtemps.

Lorsqu'ils étudiaient ensemble un dossier, elle appréciait la façon dont il sollicitait son avis avant d'arrêter une décision. Il n'était ni hautain, ni imbu de sa personne comme tant d'autres l'auraient été à sa place, et accueillait avec intérêt les suggestions qu'elle émettait pour développer l'activité de l'entreprise.

N'eût été la peur permanente qu'elle avait d'être reconnue, Nicola aurait souhaité de tout son cœur que cette collaboration temporaire devînt permanente.

— Bientôt, je vous présenterai Giles, mon second, lui dit un jour Matthew. C'est lui qui gère mes sociétés au quotidien, et qui me permet en ce moment de me consacrer exclusivement à remettre l'entreprise d'Alan à flot. J'envisage de lui proposer de devenir mon associé. Il vient de se fiancer avec ma plus jeune sœur — bien qu'il ne faille pas voir là de rapport de cause à effet.

Il fit une pause, puis reprit soudain, comme s'il se parlait à lui-même :

— En réalité, je commence à ressentir le besoin de prendre quelque distance vis-à-vis de mes affaires. Je suis passionné par ce que je fais, mais je ne veux pas ne faire que cela. Un jour, j'imagine que je me marierai et que j'aurai des enfants. Je détesterais être un père toujours absent...

Tandis que Nicola s'interrogeait sur les raisons de ces étonnantes confidences, il demanda à brûle-pourpoint :

— Et vous, Nicola, avez-vous l'intention de vous marier un jour ou l'autre?

Prise de court, la jeune femme ne sut que répondre. Pourquoi lui posait-il cette question entre toutes? Mal à l'aise, elle sentit le regard insistant de Matthew posé sur elle et n'osa lever les yeux vers lui, encore moins lui répondre. Pour une raison qu'elle s'expliquait mal, son cœur se mit à tambouriner dans sa poitrine et elle eut les plus grandes peines du monde à dissimuler le tremblement qui agitait ses mains.

Se pouvait-il que cette question, apparemment anodine, dissimule un intérêt pour elle? se demanda-t-elle dans un moment de folie.

Bien vite, elle se rappela à l'ordre. Elle divaguait !

A supposer que Matthew Hunt voulût se fixer, ce ne serait certainement pas à une femme aussi peu sophistiquée qu'elle-même qu'il s'intéresserait !

D'ailleurs, elle avait le plus grand mal à l'imaginer en mari fidèle et en père attentif quand elle se souvenait de l'être sans scrupule qui avait profité de son innocence et de son ivresse huit ans auparavant. Comment avait-il pu devenir cet homme délicat et courtois après l'acte méprisable dont il avait été capable ?

La question restait posée, se dit-elle, et elle n'aurait probablement jamais la réponse.

Suivant en cela une suggestion de Matthew, Alan passa sa dernière semaine de travail hors du bureau, à prendre congé de ses plus anciens clients.

— Peut-être ceci l'aidera-t-il à tourner la page plus facilement, expliqua Matthew à Nicola. D'ailleurs, je lui ai proposé de continuer à collaborer à l'entreprise au titre de conseiller extérieur. Ainsi, il ne se sentira pas définitivement exclu. J'imagine qu'il va avoir beaucoup de mal à retrouver un centre d'intérêt après avoir consacré toute sa vie à la société.

— Heureusement, Mary et Alan ont l'intention de déménager. Ils ont acheté une villa sur la côte il y a quelques années dans l'intention d'y prendre leur retraite. J'espère que ce changement leur sera bénéfique et les aidera à prendre un nouveau départ. Ils en ont bien besoin ! conclut Nicola avec une moue soucieuse.

— Souhaitons-le en effet. Mais rien n'est moins sûr. Couper ainsi les ponts avec tous leurs amis ne va pas être facile, remarqua Matthew.

— Ce déménagement les rapprochera de leur fille mariée et de sa famille. Ils ne seront pas seuls, bien au contraire. Je crois que, depuis le drame, ils ont de plus en plus besoin de la présence de leurs petits-enfants.

Il y eut un long silence, chacun pensant à l'épreuve qu'avaient traversée Alan et son épouse. Puis, d'une voix pénétrée, Matthew prit la parole :

— J'ai toujours pensé que perdre un enfant devait être la souffrance la plus insupportable et la plus injuste que puisse connaître un être humain.

Sur son beau visage aux traits virils passa une ombre

qui trahissait son émotion. Une fois encore, étonnée, Nicola nota la sensibilité si inattendue qui semblait être la sienne. Mais il se reprit bien vite.

— En tout cas, l'absence d'Alan aujourd'hui est plus qu'opportune : elle va nous permettre d'organiser dans le calme la petite réception au cours de laquelle nous lui remettrons son cadeau. A propos, vous qui le connaissez bien, pensez-vous qu'un discours officiel lui paraîtrait déplacé ? Je m'en tiendrai à votre avis, car je ne l'ai pas assez fréquenté pour me faire une opinion sur la question.

Nicola resta muette un instant, l'esprit ailleurs, comparant malgré elle Gordon et Matthew.

Comme le premier lui paraissait froid et hautain tout à coup, comparé à l'homme courtois et attentif que savait être Matthew, contre toute attente ! Fort de sa supériorité hiérarchique, jamais Gordon n'aurait ainsi sollicité aussi simplement l'avis d'un de ses employés — a fortiori d'une femme...

Ce même soir, lorsque sa mère fit remarquer à quel point Nicola avait retrouvé le sourire depuis l'arrivée de son nouveau patron, la jeune femme prétendit ne pas l'avoir entendue. Mais Mme Linton était têtue.

— En plus, il paraît qu'il est très bel homme, insista-t-elle.

— En effet, répondit Nicola, dans l'espoir de clore le sujet.

— Et célibataire..., poursuivit lourdement sa mère.

Nicola fronça les sourcils.

— Gordon a-t-il appelé ? demanda-t-elle d'un ton agacé. Nous devons jouer au tennis ce soir.

— Personne n'a appelé depuis que je suis rentrée, répondit Mme Linton, vexée et cependant consciente d'être allée un peu trop loin. Mais j'ai été absente une partie de l'après-midi.

D'un pas vif, Nicola se dirigea vers la petite table de l'entrée sur laquelle se trouvait le téléphone, mais elle s'arrêta à mi-chemin. Pourquoi devrait-elle appeler Gordon pour s'assurer qu'il allait venir la chercher comme prévu? C'était à lui de se manifester si ses plans avaient changé!

Elle en avait assez d'être à sa disposition et d'attendre son bon vouloir, conclut-elle, brusquement décidée. Cette partie de tennis serait un test décisif.

Affichant une parfaite tranquillité, elle retourna auprès de sa mère et se servit une seconde tasse de thé.

Il était 8 heures passées quand Gordon téléphona, c'est-à-dire plus d'une demi-heure après le moment où il aurait dû venir chercher Nicola.

Il s'excusa à peine de se manifester si tard, et invoqua une surcharge de travail de dernière minute pour expliquer qu'il annulait la partie de tennis. Nicola ne fit aucun commentaire, et se contenta de lui rappeler qu'il avait promis de passer la prendre à son bureau le vendredi suivant pour l'amener au garage récupérer sa voiture.

— Ne t'inquiète pas, je n'oublierai pas, promit-il. A vendredi, alors...

A peine Nicola eut-elle raccroché que sa décision était prise. Si Gordon ne montrait pas plus d'empressement à son égard lors de leur prochaine entrevue, elle mettrait un terme à leur relation.

Pouvait-on d'ailleurs qualifier ainsi les étranges rapports qu'ils entretenaient? songea-t-elle avec amertume. Plus le temps passait, plus elle se sentait mal à l'aise en présence de Gordon. A une époque, elle l'avait considéré comme son fiancé; pourtant, ils n'avaient jamais l'un pour l'autre le moindre geste d'affection. Les premiers temps, ils échangeaient de timides baisers sur la bouche, qui s'étaient de plus en plus espacés pour devenir rarissimes. Ceci avait d'abord rassuré Nicola, tant elle était sur la défensive, mais elle se posait de plus en plus de questions sur le peu d'intérêt que lui manifestait Gordon. Entre l'obsédé sexuel et le pur esprit, il y avait peut-être un juste milieu, tout de même !

De plus, la relation de dépendance qu'il entretenait avec sa mère l'agaçait au plus haut point. Si seulement Mme Jones avait été sympathique ! se disait-elle parfois. Mais elle était aussi aimable qu'une porte de prison et la perspective de l'avoir pour belle-mère n'était guère réjouissante...

Une fois encore, presque malgré elle, elle compara Matthew et Gordon. Le premier, elle en était certaine, n'annulait pas ses rendez-vous galants parce que sa mère avait un rhume. Et ses baisers ne devaient ressembler en rien aux timides attouchements de Gordon. Si elle avait eu Matthew pour soupirant, elle n'aurait sûrement pas cherché désespérément des sujets de conversation lors de leurs soirées en tête à tête...

Brusquement, elle se ressaisit. Etait-elle en train de devenir folle ? Voilà qu'elle s'imaginait ayant une liaison avec son patron !

Que lui arrivait-il ?

Elle tenta d'écarter cette interrogation de son esprit, mais la question revint, lancinante.

Pourquoi, depuis que Matthew était réapparu de façon si inattendue dans son existence, ressentait-elle au plus profond d'elle-même un trouble étrange, la sensation si nouvelle de ne plus contrôler ses propres pensées, ses pulsions les plus intimes ? Pourquoi de folles images du passé lui traversaient-elles l'esprit de plus en plus souvent ? Pourquoi ce besoin de le comparer sans cesse à Gordon, au désavantage évident de ce dernier ?

Deux jours plus tard, lorsqu'elle pénétra dans son bureau, elle eut la surprise d'y trouver Matthew. Il était debout derrière son fauteuil et contemplait ses dossiers d'un air absent et douloureux qui l'étonna.

— Que se passe-t-il? demanda-t-elle. Il y a un problème?

Au grand étonnement de Nicola, il se ressaisit comme un enfant pris en faute.

— Aucun, répondit-il sèchement. Je réfléchissais à...

Il s'interrompit, comme s'il cherchait ce qu'il allait dire.

— ... à Ian Jackson, poursuivit-il enfin. J'ai des informations inquiétantes à son sujet. Il aurait subtilisé du matériel sur les chantiers.

Nicola ne protesta pas. Elle aussi nourrissait de plus en plus de soupçons à l'égard de ce contremaître au regard fuyant.

— En fait, je viens d'avoir un coup de téléphone d'un client qui a lui-même observé certaines anomalies. J'ai décidé de ne pas perdre de temps et de me rendre tout de suite sur le site pour en avoir le cœur net. Désirez-vous m'accompagner?

Nicola le regarda en rougissant, incapable de prononcer une parole tant l'idée de se retrouver seule avec lui la troublait.

— Très bien, dit-il d'un ton vexé. Ne faites pas cette tête-là! Je pensais simplement qu'un petit tour à l'extérieur vous changerait les idées. Je sais que vous avez eu une énorme charge de travail ces derniers temps. Mais si vous préférez rester...

— Non, non! au contraire! s'exclama-t-elle, infiniment touchée qu'il fasse allusion à son récent surcroît de travail. Si vous êtes sûr que je ne vous dérange pas...

Il était en train de feuilleter un contrat posé sur le bureau, et s'arrêta brusquement. Avec lenteur, il leva les yeux vers la jeune femme et son regard intense se fixa sur elle.

— Vous savez, Nicola, je pense qu'aucun homme normal ne peut être dérangé par votre présence. En tout cas, pas moi, je vous l'assure...

De n'importe quel autre représentant du sexe masculin, Nicola aurait considéré cette remarque comme une invite à peine déguisée. Mais il lui semblait tellement impensable que Matthew Hunt puisse la trouver attirante qu'elle écarta aussitôt cette pensée de son esprit.

— Je vais chercher ma veste, dit-elle en baissant les yeux pour fuir le regard brûlant qui la déstabilisait.

Cette fois, il était venu en Land-Rover. Avec galanterie, il attendit que la jeune femme se fût installée sur son siège en lui tenant la portière ouverte.

Au moment où elle allait la fermer, il l'en empêcha en se penchant sur elle et en la retenant pas le bras.

— Attendez, dit-il en repoussant sa jupe, dont l'ourlet dépassait de la voiture. Cette portière est très lourde, je la claquerai moi-même. Vous avez des poignets si fins que vous pourriez vous blesser !

Sans lui lâcher le bras, il l'observa avec soudain une étrange fixité.

— Savez-vous qu'il émane de vous une fragilité si délicieusement féminine que l'on a une terrible envie de vous protéger ? murmura-t-il d'une voix rauque.

Bouleversée, Nicola ferma les yeux un instant.

Mais aussitôt, le souvenir de ce qu'elle avait vécu dans les bras de ce même Matthew, si délicat, si tendre presque, lui revint à la mémoire, et elle se figea.

Cette réaction n'échappa pas à son compagnon. Sourcils froncés, il la lâcha, claqua la portière et se mit au volant. Il ne dit pas un mot de tout le trajet.

Prostrée sur son siège, Nicola ne chercha pas à rompre le silence. Elle en aurait été incapable.

L'espace d'une seconde, elle avait failli oublier ce qui s'était passé huit ans auparavant, elle avait failli se laisser entraîner par le trouble délicieux que les paroles de Matthew avaient provoqué en elle, par l'émoi purement sensuel qu'elle avait éprouvé quand il lui avait posé la main sur le bras.

Comment expliquer une telle folie?

Bien sûr, il était terriblement séduisant, mais était-ce suffisant?

Peut-être son corps se souvenait-il à son insu de la nuit d'amour passée autrefois dans les bras de Matthew, et dont son esprit avait effacé le souvenir?

Toujours est-il qu'elle, si prude, si détachée des choses matérielles, si habituée à refréner ses pulsions qu'elle croyait les avoir définitivement étouffées, s'apercevait avec horreur que la simple présence de Matthew réveillait en elle une sensualité à fleur de peau qu'elle avait jusque-là ignorée ou feint d'ignorer.

La Land-Rover s'arrêta. Ils étaient arrivés sur le chantier.

— Nous y voilà! lança Matthew. Je n'ai pas pu me garer ailleurs, et le terrain est très boueux. Je vais vous aider à descendre.

Joignant le geste à la parole, il fit le tour de la voiture et ouvrit la portière de Nicola.

Puis, d'un geste sûr, il la saisit par la taille et la souleva comme si elle avait été une plume...

5.

— Je vous ai fait mal? demanda Matthew d'un ton sec.

A l'évidence, il se méprenait sur son trouble, pensa Nicola avec soulagement : contrairement à ce qu'il croyait, son malaise n'avait rien à voir avec une douleur physique. Elle serait morte de honte s'il avait compris à quel point son geste l'avait bouleversée.

— Non, non, pas du tout, répondit-elle d'une voix mal assurée. Je vous remercie, au contraire. Vous m'avez évité de marcher dans la boue.

L'arrivé de Ian Jackson l'interrompit. Avant de saluer Matthew, il la dévisagea avec l'arrogance insistante d'un homme habitué à considérer les femmes comme de vulgaires objets de séduction. Nicola dut faire un effort pour cacher sa répulsion à l'égard du contremaître.

Le pis était qu'elle ne pouvait s'empêcher de se sentir coupable quand un homme la regardait ainsi, de la même façon qu'une victime d'un viol est parfois tentée de s'accuser elle-même d'avoir attiré l'attention de son agresseur. Cette réaction parfaitement anormale était due, elle n'en doutait pas, au sentiment de culpabilité qu'elle nourrissait depuis cette fatale nuit où elle s'était sciemment jetée dans les bras d'un inconnu.

Elle ne s'était pas pardonné à elle-même, et ne se pardonnerait jamais, elle le savait désormais... Il était trop tard !

Comme s'il avait perçu le dégoût de la jeune femme et cherchait à la protéger, Matthew avança de quelques pas pour se placer entre Ian Jackson et elle. Aussitôt rassurée, Nicola sentit son appréhension s'atténuer miraculeusement.

— Quel bon vent vous amène ? demanda Ian Jackson d'un ton rogue.

Accoutumé comme il l'était à aborder les problèmes de front, Matthew rentra aussitôt dans le vif du sujet. D'une voix coupante, il mit Ian au courant des plaintes qu'il avait reçues le concernant, et l'avertit qu'au moindre manquement à l'avenir il n'hésiterait pas à porter plainte contre lui. Après quelques piteuses tentatives de protestation, Ian se tut et baissa la tête d'un air accablé, avant de s'éloigner d'un pas lourd.

Pourvu que la leçon ait porté ! pensa Nicola tout en regagnant la voiture au côté de Matthew. Cependant, rien n'était moins sûr... Du temps d'Alan, Ian avait pris de détestables habitudes qu'il serait sûrement long à perdre.

Ils passaient devant quatre ouvriers occupés à pelleter un tas de ciment : instinctivement, Nicola s'écarta pour mettre le plus de distance possible entre eux et elle. Sans s'en rendre compte, elle avait pris l'habitude de fuir la présence masculine, terrorisée à l'idée d'attirer sur elle l'attention et le regard des hommes.

Surpris de cet étrange comportement, Matthew lui lança un coup d'œil soucieux, et elle se reprocha son manque de contrôle d'elle-même. Si elle continuait à être aussi peu sur ses gardes, elle allait finir par éveiller son attention et, peut-être, raviver dans sa mémoire assoupie certains souvenirs...

Dans la voiture, ils restèrent d'abord silencieux.

— Nicola, dit enfin Matthew d'une voix préoccupée, je tiens à ce que vous me teniez au courant s'il survient le moindre cas de harcèlement sexuel dans la société.

Nicola fit mine de protester, mais il l'en empêcha.

— J'ai surpris votre réaction tout à l'heure sur le chantier. Sachez que je déteste que l'on manque de respect à une femme, et que je ne tolérerai pas ce type de comportement dans une entreprise dont j'ai la responsabilité. Puis-je compter sur vous ?

— Mais..., je vous assure que tout va bien..., balbutia Nicola. Les ouvriers sont très corrects.

— Même Ian Jackson ? demanda Matthew d'un ton incisif en la dévisageant avec insistance.

A cet instant, elle lut sur les traits de son patron une telle sollicitude, une telle volonté de comprendre, qu'elle songea que, si le passé n'avait pas existé, elle aurait été capable de lui confier le plus intime des secrets. Mais les souvenirs étaient là, incontournables, comme un mur à jamais infranchissable entre eux.

— J'avoue que je n'ai pas une sympathie particulière pour Ian, admit-elle à contre-cœur.

— Je me méfie de cet homme, déclara Matthew. Je le crois capable du pire, et je suis convaincu qu'il peut avoir une très mauvaise influence sur les hommes qu'il dirige. Sans parler de l'image négative qu'il donne de l'entreprise auprès des clients. J'ai l'intention de m'en séparer s'il ne change pas de comportement.

— Il connaît son métier, remarqua Nicola. Il ne sera pas facile à remplacer.

— Peut-être, mais je n'hésiterai pas s'il le faut. Je lui laisse encore quelques semaines pour me montrer qu'il a compris la leçon. Après...

Une demi-heure plus tard, Matthew garait la Land-Rover sur le parking de l'entreprise. Toujours aussi courtois, il prit soin d'ouvrir la portière de Nicola et de lui tendre la main pour l'aider à descendre du véhicule. Une fois encore, elle eut le plus grand mal à cacher son trouble.

— On m'a dit que vous étiez presque fiancée, lança son patron à brûle-pourpoint.

Cette fois, Nicola réprima un sursaut. Qui avait parlé de Gordon à Matthew ? pensa-t-elle, stupéfaite. Et pourquoi le sujet l'intéressait-il autant ?

— Euh... C'est-à-dire que... oui, répondit-elle d'une voix à peine audible.

Dans les yeux noirs de Matthew, Nicola lut alors une lueur d'amertume qu'elle fut incapable d'interpréter.

— Votre fiancé a bien de la chance, marmonna-t-il en pressant tout à coup le pas.

Puis il disparut dans le bâtiment, tandis que Nicola restait immobile, plongée dans un abîme de perplexité.

Se pouvait-il que Matthew la trouve attirante ? songea-t-elle malgré elle. Aussitôt, elle écarta une hypothèse aussi irréaliste : elle ne pouvait pas intéresser un homme aussi séduisant que Matthew Hunt. Mais alors, à quoi rimait son étrange réflexion ?

Et si c'était un jeu, se demanda-t-elle, un jeu pervers pour, encore une fois, se servir d'elle ? Peut-être l'avait-il reconnue et jouait-il sadiquement avec ses nerfs avant d'abattre ses cartes ?

Après réflexion, elle écarta cette deuxième hypothèse : il lui semblait impossible que Matthew puisse faire preuve d'une telle cruauté.

La seule explication logique était donc la première, mais elle ne pouvait l'admettre : depuis huit ans, elle consacrait tous ses efforts à refuser l'idée qu'elle pût, un jour, plaire à un homme...

Jusque-là, par sa froideur et son agressivité, elle avait réussi à décourager les rares soupirants qui avaient osé tenter leur chance. Si elle s'était finalement attachée à Gordon, c'était précisément parce que leur relation était dépourvue de toute sensualité et qu'ils ne formaient pas réellement un couple. L'existence de Gordon était placée sous le signe de la domination de sa mère, et il ne fallait pas être psychologue de profession pour comprendre que cette incroyable dépendance avait refréné en lui toutes pulsions physiques.

Pulsions que Nicola avait elle-même étouffées, pour d'autres raisons...

Sans s'en rendre compte, la jeune femme refusait toute relation profonde par peur d'avoir un jour à avouer à l'homme qu'elle aimerait l'acte épouvantable qui hantait sa mémoire depuis huit ans. Elle se savait trop honnête pour garder son secret, mais elle savait aussi que cet aveu entraînerait une rupture. La solitude affective était préférable à une souffrance supplémentaire.

Pourtant, si les circonstances avaient été différentes, si le passé avait pu s'effacer comme par magie, elle serait tombée amoureuse de Matthew Hunt, elle en était de plus en plus persuadée, songea-t-elle avec une amertume douloureuse.

Tout en lui lui plaisait : d'abord, bien sûr, sa plastique parfaite, mélange subtil de virilité et d'élégance qui faisait se retourner sur lui tous les regards féminins. Mais ce qu'elle appréciait plus encore, c'était la nature profonde de cet homme séduisant, qui, au-delà de l'apparence physique, faisait preuve d'une rare sensibilité et d'une étonnante capacité à rester à l'écoute des autres.

Les larmes aux yeux, elle se redressa et se mit à marcher d'un pas saccadé vers le bâtiment principal. Il fallait absolument qu'elle s'interdise à l'avenir de laisser ainsi son esprit divaguer sur un terrain aussi dangereux.

Par bonheur, le nouveau directeur serait bientôt nommé et elle ne verrait plus Matthew que de façon épisodique. Peut-être alors ses pensées rentreraient-elles dans le droit chemin...

Le vendredi, après avoir déposé sa voiture au garage, Nicola arriva au bureau en même temps que les deux ouvriers chargés de déménager la grande table d'Alan.

En effet, avant même qu'elle lui ait donné son avis sur la question, Matthew avait décidé de son propre chef de mettre le meuble en sûreté, certain qu'un jour ou l'autre Alan voudrait le récupérer. Cette réaction si semblable à la sienne avait laissé Nicola pensive : décidément, plus elle côtoyait Matthew, plus elle se sentait en accord parfait avec lui.

La réunion organisée en l'honneur d'Alan avait été prévue à l'heure du déjeuner, pour éviter de trop rogner sur la journée de travail. La collation, offerte par Matthew, serait servie sous forme de buffet par le meilleur traiteur de la ville.

Dèjà, dans le hangar nettoyé et décoré de guirlandes pour l'occasion, les serveurs en costume blanc et nœud papillon s'affairaient à disposer verres et assiettes sur les grandes tables recouvertes de nappes blanches placées le long des murs.

Debout au milieu du hangar, Nicola resta un moment immobile, tandis que des larmes discrètes lui montaient aux yeux. A cet instant, ses pensées étaient tout entières consacrées à son ancien patron.

Au cours des quelques heures qui allaient suivre, Alan romprait le dernier lien qui le retenait à l'entreprise pour laquelle il s'était tant investi. Et, cette fois, sans possibilité de retour, puisque c'était un étranger qui prenait la relève après lui et non le fils chéri qu'il avait de tout temps imaginé comme son successeur.

Cette journée entre toutes marquait non seulement son retrait définitif des affaires mais aussi, pour lui et son épouse, le début d'une nouvelle vie, dans une autre maison, une autre région.

Puisse ce changement être salutaire pour cet homme meurtri, songea Nicola, le cœur serré, et le sortir enfin de la dépression dans laquelle il était plongé depuis ce jour tragique où un chauffard lui avait pris son fils.

— Nicola ? Quelque chose ne va pas ?

La jeune femme se retourna brusquement pour s'apercevoir avec surprise que Matthew se tenait juste derrière elle. Il la dévisageait avec une sollicitude inquiète qui la troubla profondément.

Il était vêtu d'un jean qui soulignait la longueur de ses jambes et d'une chemise à carreaux dont les manches relevées dévoilaient ses bras musclés. De toute sa personne émanait une aura de virilité et de sensualité si prégnante que, tout à coup, le souffle de Nicola s'accéléra. Comme dans un film au ralenti, elle le revit, huit ans auparavant, se penchant vers elle, prenant ses lèvres, lui enlaçant la taille de ses mains fortes et douces à la fois.

La vision était si précise, si bouleversante qu'un gémissement lui échappa.

— Je vous regarde depuis un moment, murmura-t-il alors, et j'ai vu des larmes dans vos yeux. Que se passe-t-il?

— Rien, répondit-elle d'une voix altérée. Je pensais à Alan, à ce que cette journée représente pour lui.

Elle redressa la tête et se força à sourire.

— Où est-il? demanda-t-elle en affectant un ton dégagé.

— Comme prévu, je me suis arrangé pour lui faire avoir un rendez-vous chez un client. Je l'ai déposé à l'heure dite, et irai le chercher dans un moment. Avant de rentrer chez moi me changer, j'ai préféré faire un saut ici pour m'assurer que tout allait bien.

A cet instant, un serveur approcha, chargé d'un volumineux plateau. Matthew prit alors Nicola par le bras et l'attira vers lui pour libérer le passage et permettre à l'homme de passer.

L'espace de quelques secondes, ils restèrent ainsi, si proches que la jeune femme sentait le souffle de Matthew lui caresser la nuque. Un instant, elle s'imagina se lovant contre lui, se pressant contre son large torse, respirant de nouveau cette odeur subtilement épicée d'eau de toilette qu'elle n'avait jamais pu oublier. La tête lui tourna et elle ferma les yeux.

— Il faut que je vous laisse, murmura-t-elle. J'ai encore... beaucoup de choses à vérifier, ajouta-t-elle pour justifier ce départ précipité.

Puis elle se dégagea brusquement, comme si la présence de Matthew lui était insupportable. Une fois hors du hangar, elle s'aperçut que son patron la suivait.

— Je n'ai pas vu votre voiture sur le parking en arrivant, dit-il en la rejoignant.

— C'est-à-dire que... je l'ai laissée au garage, répondit Nicola. Elle sera prête ce soir. Gordon a promis de me conduire pour que je puisse la récupérer.

Au moment où elle mentionnait ce nom, elle crut tout à coup déceler dans le regard de Matthew une lueur douloureuse qui l'intrigua.

— Bien, dit-il tout à coup d'une voix coupante. A vrai dire, je suis pressé moi aussi. J'ai juste le temps d'aller me changer avant de passer chercher Alan. A tout à l'heure !

Et il s'éloigna d'un pas rapide, laissant Nicola perplexe.

Avait-elle encore une fois l'imagination trop fertile ? Il lui avait pourtant bien semblé remarquer une expression blessée sur les traits de Matthew quand elle avait parlé de Gordon...

Non, décida-t-elle enfin. De nouveau, elle devait rêver. La vérité était qu'en présence de Matthew, elle, si raisonnable d'ordinaire, perdait toute mesure. Et cela n'avait rien d'étonnant. Bien qu'elle n'en ait pas conservé le moindre souvenir, Matthew avait été son premier, son seul amant.

A son insu, il avait dû imprimer sa marque en elle jusque dans sa chair, si fortement qu'en sa présence elle perdait tous ses moyens. Aussi lui fallait-il rester doublement sur ses gardes...

Trois heures plus tard, en observant l'assemblée joyeuse autour d'elle, Nicola songea que Matthew avait pris une bonne décision en organisant cette petite fête contre la volonté d'Alan.

Le héros du moment semblait détendu comme il ne l'avait pas été depuis longtemps, visiblement ému de tant de sollicitude. Il avait à l'évidence particulièrement apprécié le discours chaleureux de Matthew, qui avait eu le courage d'évoquer avec des mots pudiques et touchants son fils disparu. Une fois encore, Nicola s'était étonnée de l'étonnante délicatesse qui caractérisait son nouveau patron.

Si seulement il avait été moins parfait, songea-t-elle en le voyant remettre la coupe à Alan. Si seulement il n'avait été que l'être sans scrupule dont elle avait gardé le souvenir...

A 16 heures, tout était terminé. Comme chaque vendredi, l'entreprise fermait tôt, et les employés rentrèrent chez eux, ravis d'avoir été si généreusement associés à la fête.

Nicola, elle, ne quitta pas les lieux, car Gordon ne devait pas venir la chercher avant 17 h 30, le garage fermant à 18 heures. Il lui restait encore une heure devant elle, qu'elle décida de mettre à profit pour préparer un rendez-vous important prévu le lundi matin. Persuadée d'être seule dans les locaux, en dehors des serveurs qui finissaient de ranger leurs cartons, elle pénétra dans son bureau.

Là, elle constata avec surprise que la porte de communication qui donnait sur l'ancien domaine d'Alan était ouverte. Jetant un coup d'œil à l'intérieur, elle aperçut Matthew, assis à sa table en bras de chemise, cravate ouverte, occupé à fouiller dans des dossiers.

Il releva la tête et la fixa d'un regard aigu.

— Votre fiancé n'est toujours pas arrivé? demanda-t-il d'un ton qui parut étrangement cynique à la jeune femme.

— Non, répondit-elle, mal à l'aise. Il ne sera pas là avant 17 h 30. J'avais l'intention de travailler un peu en l'attendant.

Matthew se leva et, comme toujours, Nicola fut frappée par la puissance de sa carrure, la sensualité diffuse qui émanait de chacun de ses gestes.

— Je m'apprêtais à me faire un café, lança-t-il. En voulez-vous un également?

L'idée de prendre un café en tête à tête avec Matthew l'effrayait déjà, mais elle ne pouvait refuser sous peine d'éveiller ses soupçons. Aussi acquiesça-t-elle d'un sourire un peu crispé. Matthew n'avait d'ailleurs pas attendu sa réponse et s'affairait déjà devant la cafetière électrique qu'Alan, lui, n'avait jamais daigné toucher. Encore une preuve de son étonnante simplicité, pensa Nicola malgré elle.

Quelques minutes plus tard, il lui tendait une tasse.

— Votre fiancé vous emmène au cinéma ce soir? demanda-t-il soudain, prenant son assistante au dépourvu.

Tandis qu'elle cherchait une réponse appropriée, elle se souvint que, comme chaque vendredi soir, Mme Jones jouait au bridge. Ce qui signifiait que Gordon accompagnerait puis irait rechercher sa mère, et par conséquent que sa soirée avec lui était compromise. Mais pour rien au monde elle n'aurait expliqué ce programme peu séduisant à Matthew.

— Oui, ou au restaurant, je ne sais pas, répondit-elle enfin. Peut-être d'abord au cinéma, et ensuite...

— Et ensuite, vous finirez la soirée dans son appartement..., coupa sèchement Matthew.

Nicola se sentit rougir jusqu'aux oreilles. Tout naturellement, Matthew supposait que Gordon était son amant. S'il avait su la vérité...

— Gordon habite chez sa mère, se crut-elle obligée d'expliquer à contre-cœur.

Il ne répondit pas. Le silence qui s'instaura dans la pièce sembla bientôt insupportable à Nicola.

— Et vous, que faites-vous ce soir? demanda-t-elle pour dire quelque chose, regrettant aussitôt de sembler s'intéresser à la vie personnelle de Matthew.

— Je vais rendre visite à mes parents. Ils ont pris leur retraite à Brighton, pour être auprès de ma plus jeune sœur mariée et mère de famille. Mon autre sœur vit au Canada avec son mari. Vous avez des frères et sœurs? demanda-t-il après un temps d'arrêt.

— Non, je suis fille unique, répondit-elle.

Son regard se posa alors sur la pendule accrochée au mur et elle fronça les sourcils. Le garage fermait dans un quart d'heure et Gordon n'avait toujours pas donné signe de vie...

Matthew surprit son air soucieux.

— Votre fiancé est en retard... Peut-être devriez-vous l'appeler pour vous assurer qu'il n'a pas oublié? suggéra-t-il. Sinon, il sera trop tard pour récupérer votre voiture.

Il eut alors la courtoisie de quitter la pièce pour permettre à Nicola de téléphoner.

Comme elle s'y attendait, le bureau de Gordon ne répondait pas. Mais c'est lui qui décrocha quand elle appela le domicile de Mme Jones. Quand elle s'étonna de ne pas avoir de ses nouvelles, il prit un ton piqué.

— Maman ne se sentait pas bien, et je suis rentré du bureau plus tôt que prévu. Je n'ai pas eu le temps de te téléphoner. Elle a de nouveau une crise de foie, et j'ai appelé le médecin. Tu sais comme elle est facilement sujette à ce genre de problèmes. Peut-être est-ce le dîner d'hier qu'elle n'a pas supporté...

Nicola n'avait que faire des problèmes de digestion de Mme Jones! Encore une fois, Gordon ne pensait qu'à sa mère, et oubliait les engagements qu'il avait pris à son égard.

— Tu aurais tout de même pu me prévenir, rétorqua-t-elle, glaciale.

Il ne s'excusa même pas.

— Ce n'est pas si grave ! Tu n'auras qu'à demander à ton père de te conduire au garage demain matin.

— Et comment vais-je rentrer chez moi à l'heure qu'il est ? poursuivit-elle avec humeur.

— Je suis désolé, dit-il enfin. Mais maman ne se sentait vraiment pas bien.

Nicola refréna l'envie de lui raccrocher au nez et prit congé rapidement. Il n'était pas dans sa nature de provoquer des esclandres et, ce soir, elle n'avait pas l'énergie de faire une scène à Gordon. Mais il ne perdait rien pour attendre...

Elle s'apprêtait à appeler un taxi quand Matthew frappa à son bureau.

— Alors, vous l'avez eu ? demanda-t-il.

Elle faillit mentir, mais réfléchit que Matthew verrait certainement le taxi venir la chercher. Mieux valait dire la vérité.

— Oui, admit-elle. Finalement, il ne peut pas venir. Je vais prendre un taxi.

— Sûrement pas ! lança-t-il d'une voix qui n'admettait pas de réplique. Vous risquez d'attendre un moment avant d'en trouver un libre à cette heure. Je vous raccompagne.

— Non, non, il n'en est pas question ! protesta-t-elle, confuse. Je peux très bien...

Il la coupa d'un geste sans appel.

— C'est comme si c'était fait. D'ailleurs, je passe pratiquement devant chez vous.

Etonnée qu'il connaisse son adresse, elle lui lança un regard interrogateur, qu'il comprit aussitôt.

— Ah ! vous vous demandez comment je sais où vous habitez ? Rassurez-vous, je ne vous espionne pas. C'est Evie qui a mentionné la chose l'autre jour par hasard.

Quelques minutes plus tard, tandis qu'ils se dirigeaient vers la voiture de Matthew, celui-ci se tourna vers Nicola.

— Dommage que votre fiancé n'ait pas pris la peine de vous prévenir, remarqua-t-il. J'aurais pu vous déposer au garage et vous permettre de récupérer votre véhicule ce soir.

Aussitôt, pour une raison qui lui échappa, Nicola éprouva le besoin de justifier l'attitude de Gordon.

— Il a essayé de me joindre plus tôt, mais la ligne était toujours occupée, expliqua-t-elle laborieusement.

Soudain, elle s'aperçut que Matthew n'avançait plus et se retourna. Il la dévisageait avec attention, comme s'il cherchait à lire en elle.

— Vous êtes très loyale vis-à-vis de votre fiancé, dit-il d'un ton détaché. Etes-vous certaine qu'il est aussi loyal à votre égard ?

Elle ne répondit pas, incapable de nier.

Le visage tendu, elle s'avança vers la voiture et ouvrit la portière, devançant Matthew.

Pour comble de malchance, M. et Mme Linton étaient dans leur jardin quand ils arrivèrent et ils se dirigèrent aussitôt vers la barrière pour les accueillir. Non seulement Mme Linton tint à saluer chaleureusement le bel inconnu qui raccompagnait sa fille, mais elle alla même jusqu'à l'inviter à prendre une tasse de thé que Matthew accepta, au grand déplaisir de Nicola.

Quand il prit enfin congé, au bout d'une heure interminable durant laquelle Nicola eut la sensation d'être sur des charbons ardents, Mme Linton jeta un regard inquisiteur à sa fille.

— Charmant, ton nouveau patron, ma chérie ! Je suis étonnée que tu ne nous aies pas plus vanté ses mérites. C'est un homme exceptionnel ! Aussi beau qu'intelligent...

Habile à ménager ses effets, elle fit une petite pause.

— Mais dis-moi, n'est-ce pas ton cher Gordon qui devait t'emmener au garage ? Que lui est-il arrivé pour qu'il te fasse ainsi faux bond ?

Comme sa fille, au supplice, ne répondait pas, Mme Linton enfonça le clou.

— Sa mère aurait-elle par hasard encore attrapé un rhume ? demanda-t-elle d'un ton perfide.

6.

— C'est bien ce soir que tu dînes avec Gordon chez Christine et Mike ? demanda Mme Linton quelque temps après avoir fait la connaissance de Matt.

Nicola acquiesça d'un signe de tête, sans parvenir à sourire pour donner le change à sa mère.

En effet, la soirée qui s'annonçait ne l'enchantait guère. Plus les jours passaient, moins elle avait envie de voir Gordon.

Depuis trois semaines qu'elle travaillait en étroite collaboration avec Matt, le phénomène n'avait fait que s'accélérer. Par bonheur, ses rendez-vous avec Gordon s'étaient espacés, mais chaque fois qu'ils se retrouvaient, Nicola éprouvait la pénible impression de n'avoir plus rien à lui dire, si tant est qu'elle ait jamais eu l'impression contraire par le passé...

De plus, Gordon lui avait de nouveau fait faux bond à deux reprises depuis l'épisode du garage, invoquant chaque fois de confuses raisons professionnelles.

Aussi Nicola avait-elle décidé que ce dîner chez Mike et Christine serait celui de la dernière chance. Si Gordon osait encore une fois annuler au dernier moment, elle saisirait ce prétexte pour rompre.

Car il était inutile de nier l'évidence : sa relation avec Gordon lui paraissait de plus en plus dénuée de sens.

Quand Gordon appela une heure plus tard pour

s'excuser de ne pas pouvoir l'accompagner au dîner prévu, sa mère ayant soi-disant besoin de lui, Nicola n'hésita pas. D'une voix ferme et dénuée de toute passion qui était à elle seule un aveu de l'indifférence qu'elle avait pour lui, elle lui expliqua qu'elle ne souhaitait plus le voir. Sa réaction sembla n'étonner Gordon qu'à moitié : il devait avoir perçu depuis longtemps les doutes de la jeune femme. Il protesta faiblement, mais Nicola ne le laissa pas discuter et raccrocha au plus vite.

— C'était Gordon ? demanda Mme Linton.

— Oui, répondit Nicola, étonnée d'éprouver non pas de la tristesse, mais bien plutôt la sensation d'être débarrassée d'un grand poids. Je crois que je ne le verrai plus. Ou plus exactement, j'en suis sûre. C'est ce que je viens de lui expliquer.

Mme Linton lança un regard plein de sollicitude inquiète à sa fille, mais celle-ci paraissait si calme qu'elle fut aussitôt rassurée. Elle n'avait vraiment pas l'air d'avoir le cœur brisé.

— Tu ne le regretteras pas ? se crut-elle cependant obligée de demander, pour ne pas donner l'impression à Nicola de trop se réjouir de cette nouvelle.

— Non. Nous n'avions rien de commun, de toute façon.

— Puisque tu as l'air si sûre de toi, je dois t'avouer que je n'ai jamais trouvé ce garçon attirant, remarqua-t-elle enfin, incapable de se taire plus longtemps. Il y a tant d'hommes plus séduisants, plus amusants ! Comme Matt, par exemple...

L'allusion était si directe que Nicola sursauta.

— Je t'en prie, maman, arrête ! Matt est mon patron, et d'ailleurs il ne va pas tarder à quitter la ville pour retourner à Londres.

Prenant prétexte de l'heure tardive, elle se hâta de couper court à cette conversation qui devenait dangereuse. Si sa mère la poussait dans ses retranchements, elle finirait pas s'apercevoir que, malgré ses protestations, Nicola était loin d'être insensible au charme de Matthew. Très loin...

Gordon avait appelé si tard qu'il était déjà temps de partir. Nicola passa une veste sur la délicate robe de soie qu'elle avait achetée récemment. Le vêtement l'avait séduite par son sage décolleté ras du cou et ses manches longues, et, en l'essayant, pas un instant elle n'avait réalisé combien le tissu fluide dessinait sa silhouette gracile, exaltant ses formes féminines plus sûrement que le plus moulant des fourreaux. Vêtue ainsi, avec ses cheveux bruns glissant comme une crinière brillante sur ses épaules, son teint de nacre exempt de tout maquillage, elle rayonnait sans le savoir d'un charme authentique et délicieusement sensuel.

Nicola savait que Christine avait invité d'autres personnes, et se hâta dans l'espoir d'arriver la première. Ainsi, elle pourrait expliquer à son amie qu'elle avait rompu avec Gordon et s'excuser d'arriver seule.

Comme elle s'y attendait, Christine s'étonna aussitôt de l'absence de Gordon.

— Où est passé ton don Juan? demanda-t-elle à Nicola d'un ton taquin.

— Il ne viendra pas, et il ne viendra plus. J'ai rompu avec lui, expliqua Nicola.

A ces paroles, un large sourire illumina le visage de son amie. Spontanée et directe, elle avait en effet pour principe de ne jamais cacher ses sentiments.

— Grand Dieu! quelle bonne nouvelle! s'exclamat-elle, radieuse. Il était temps! Je commençais à désespérer de te voir jamais quitter ce bonnet de nuit...

— Dans l'immédiat, j'espère que l'absence de Gordon ne bouleverse pas ton plan de table, dit Nicola pour changer de sujet.

— Non, au contraire, elle m'arrange! Figure-toi que Mike a invité une relation d'affaires. Un célibataire. Ça tombe à pic!

— Que puis-je faire pour t'aider ? demanda Nicola.

— Rien, tout est prêt avant l'arrivée des invités, pour une fois. Oh, si ! Va donc lire une histoire à Peter, veux-tu ? Il sait que tu es là ce soir et il n'a pas arrêté de te réclamer de la journée. Je lui ai promis que tu monterais lui dire bonsoir.

Nicola s'exécuta de bonne grâce. Elle adorait Peter, petit garçon malicieux aux joues couvertes de taches de rousseur.

Un quart d'heure plus tard, quand elle entendit quelqu'un monter l'escalier et s'arrêter sur le pas de la porte ouverte, elle ne regarda même pas, certaine d'avoir reconnu le pas de Mike.

— Chut, Mike, murmura-t-elle. Il vient de s'endormir.

Quand elle se retourna enfin, elle crut que son sang allait s'arrêter dans ses veines. Dans l'embrasure de la porte, plongée dans l'obscurité du couloir, se profilait la haute silhouette de Matt.

Nicola se redressa brusquement, le cœur battant. Matt, ici ! Par quel miracle ?

— Christine m'a chargé de vous dire que le dîner était servi, chuchota-t-il.

Il ne bougeait pas, contemplant la scène touchante que formait Nicola assise au chevet de l'enfant endormi. Les jambes tremblantes, elle se leva et se dirigea vers la porte, sentant le regard brûlant de Matt fixé sur elle.

Pourquoi Christine ne l'avait-elle pas prévenue qu'elle avait invité son nouveau patron ? se demanda-t-elle en descendant l'escalier comme dans un brouillard, Matt lui emboîtant le pas. Etait-ce un coup monté ? Son amie détestait tellement Gordon qu'elle était bien capable d'une telle machination... Puis brusquement elle se souvint que Christine avait mentionné la présence d'une relation d'affaires de Mike, un célibataire qu'elle n'avait jamais vu. Il ne pouvait s'agir que de Matt.

Comme le hasard faisait curieusement les choses ! se

dit-elle, songeuse. Elle allait passer la soirée avec Matt quelques heures à peine après sa rupture avec Gordon...

Une fois dans le salon, au comble de la confusion, Nicola parvint à donner le change en souriant aimablement quand Christine lui présenta ses autres invités, une certaine Lucinda, blonde incendiaire au décolleté généreux, mariée à un petit homme falot et maigrichon.

Lucinda eut à peine un regard pour Nicola, mais manifesta au contraire un intérêt immédiat pour Matt. Elle commença par l'assaillir de mille questions plus saugrenues les unes que les autres sur ses entreprises, tout en souriant hors de propos comme pour mieux faire admirer ses lèvres pulpeuses soulignées de rouge carmin et ses dents à la blancheur hollywoodienne. Puis elle parla d'elle-même en termes plus qu'élogieux, racontant avec moult rires de gorge diverses anecdotes destinées à la mettre en valeur.

Tout d'abord, Nicola feignit d'ignorer ce manège ridicule et tenta d'engager la conversation avec le mari de Lucinda. Mais le pauvre homme n'osait pas répondre à ses questions par autre chose que oui ou non de peur de voler la vedette à son épouse, et Nicola cessa bientôt de lui parler.

Pendant tout le repas, elle rongea son frein, impuissante, obligée d'assister au ridicule numéro de charme dont l'inénarrable Lucinda gratifiait Matt. Plus le temps passait, plus elle la trouvait insupportable. Enfin, au dessert, elle comprit avec horreur qu'elle était surtout terriblement jalouse...

Incapable de finir sa tarte, elle repoussa son assiette et regarda devant elle, les yeux perdus dans le vague. Pourquoi était-elle jalouse de cette femme qui flirtait avec Matt ? Matt n'était que son patron, et le fait d'être sa collaboratrice la plus proche ne lui donnait aucun droit sur sa vie privée...

Soudain, elle sentit qu'on l'observait et tourna la tête.

Indifférent à Lucinda qui lui parlait, Matt la dévisageait avec une concentration et une acuité qui bouleversèrent Nicola. Avait-il perçu son désarroi? se demanda-t-elle. Et surtout, en avait-il deviné les raisons?

Cédant à un subit désir de fuite, elle prit prétexte d'aider Christine pour se réfugier dans la cuisine.

— Tu es bien pâle tout à coup, remarqua son amie en préparant le café. Est-ce ta rupture avec Gordon qui t'affecte autant? Pourtant, tu n'avais pas l'air très émue tout à l'heure quand tu m'as annoncé la nouvelle...

Nicola ne répondit pas. Qu'aurait dit Christine si elle avait su que non seulement elle n'avait pas songé à Gordon un seul instant de la soirée, mais que Matt avait occupé toutes ses pensées?

Christine jeta un regard préoccupé à son amie, avant de se retourner pour saisir une assiette de petits-fours.

— Vous n'auriez pas dû, Matt! s'exclama-t-elle alors.

Nicola, rougissante, s'aperçut à cet instant que Matt était dans l'embrasure de la porte, chargé d'une pile d'assiettes. Depuis combien de temps était-il là? se demanda-t-elle, le cœur battant. Avait-il surpris leur conversation?

Heureusement qu'elle ne s'était pas confiée à Christine! D'ailleurs, qu'aurait-elle raconté à son amie?

Que l'individu sans scrupule qui avait été son amant dans des conditions parfaitement sordides et n'avait pas hésité à abuser d'une jeune fille inconsciente s'était transformé en un être délicat et attentionné, et qu'elle était en train de tomber amoureuse de lui? Qu'alors qu'elle s'était juré de rester à l'écart des hommes, elle était attirée par Matt comme le papillon par la flamme, fascinée et terrifiée à la fois?

Elle avait à peine le courage de s'avouer la vérité à elle-même, alors comment l'aurait-elle avouée à autrui?

Soudain, elle eut la sensation insupportable que Matt pouvait lire en elle à livre ouvert et quitta la cuisine à la hâte, sous les yeux étonnés de Christine.

Le reste de la soirée fut pour Nicola un supplice. Plus difficile à supporter encore que les affligeantes minauderies de Lucinda était la certitude, incontournable à présent, que Matt avait pris dans son existence une place prépondérante.

Jamais auparavant elle n'avait ressenti un tel bouleversement de tout son être. Autrefois, elle avait cru être amoureuse de Jonathan, mais ce n'était qu'une passion éphémère et immature d'adolescente. Aujourd'hui, elle était une femme, et son attirance pour Matt était bien plus lourde de conséquences. Pour la première fois, elle était troublée non seulement émotionnellement, mais aussi physiquement. Si troublée que la simple présence de Matt provoquait au plus profond d'elle-même un émoi qu'elle était incapable de contrôler. C'était comme si son corps, dont elle se targuait de maîtriser les pulsions, ne lui appartenait plus. Face à Matt, elle se sentait tout à coup aussi vulnérable que désirable.

Si seulement elle avait pu confier son désarroi à quelqu'un ! pensa-t-elle. Mais, même à Christine, elle n'osait pas. Car parler de Matt, c'était aussi évoquer cette nuit de sinistre mémoire, et cela, elle ne s'en sentait pas capable.

Comme la soirée traînait en longueur dans le salon, elle résista à l'envie de se lever et de prendre congé avant les autres pour se retrouver enfin seule chez elle. Mais elle ne voulait pas froisser Christine, qui s'était donné tant de mal pour préparer ce dîner. Aussi prit-elle son mal en patience. Encore une demi-heure, et elle pourrait s'esquiver sans paraître incorrecte, se dit-elle pour se donner du courage. Jusque-là, il faudrait trouver la force de jouer l'indifférence face à Matt, ce qui lui semblait de plus en plus difficile.

La voix haut perchée de Lucinda la tira de ses sombres pensées. Accrochée au bras de Matt, la poitrine pressée contre son veston, la jolie blonde lui adressait un sourire si enjôleur que Nicola, cédant à un réflexe de jalousie presque animal, eut envie de la gifler.

Elle parvint cependant à l'ignorer. Non seulement elle n'avait rien à envier à cette pauvre Lucinda, qui se donnait ridiculement en spectacle, mais le fait qu'une femme jette son dévolu sur Matt ne la regardait en rien.

Par bonheur, Frank Barrett donna bientôt le signal du départ. Avec une moue boudeuse, Lucinda suivit son époux. Mais au moment de partir, elle donna sa carte à Matt et l'assura d'un ton insistant qu'elle serait ravie d'avoir sa visite, le jour et à l'heure qui lui conviendraient. On ne pouvait pas être plus accueillant ! pensa Nicola, outrée.

Quand, dix minutes plus tard, elle annonça qu'elle prenait congé à son tour, Christine tenta de la retenir.

Profitant du fait que Mike et Matt étaient plongés dans une discussion professionnelle, elle se pencha vers son amie :

— Reste, Nicola. Tu n'as sûrement pas envie d'être toute seule, justement ce soir. Si tu as envie de parler, n'hésite pas.

— Merci, Christine, répondit Nicola. Tout va bien, je t'assure. Je suis fatiguée, c'est tout.

Mike, qui avait surpris la remarque de Nicola, s'approcha, sourire aux lèvres, et prit la jeune femme par les épaules dans un geste amical.

— J'espère que ce n'est pas parce que ton nouveau patron t'accable de travail ! lança-t-il en riant.

Tous s'esclaffèrent, et Nicola se força à partager leur hilarité.

— Gordon n'a pas pu venir ? demanda Mike innocemment, sans se rendre compte qu'il commettait un impair.

Christine lui jeta un regard courroucé et il écarquilla de grands yeux étonnés.

— Sa mère n'allait pas bien, répondit Nicola d'un ton laconique.

96

Si Matt n'avait pas été là, elle aurait expliqué à Mike que tout était fini entre Gordon et elle. Mais, curieusement, la présence de son patron la rendait muette. Coupant court à la conversation, elle embrassa Mike et Christine, remercia cette dernière pour son excellent dîner et, sur une poignée de main à Matt, prit congé.

Elle avait la ville à traverser pour rentrer chez elle, mais au bout de quelques kilomètres elle comprit qu'elle n'était pas en état de conduire. Cette soirée avait été pour elle une telle épreuve que ses nerfs la lâchaient. Brusquement, elle se mit à trembler et des larmes brouillèrent sa vue. Dans un dernier sursaut de lucidité, elle jugea plus sage de s'arrêter sur le bord de la route pour retrouver le contrôle d'elle-même avant de reprendre le volant.

Dans un état de semi-conscience, elle parvint à se ranger sur le bas-côté. Alors, soudain secouée de sanglots nerveux, elle s'effondra sur le volant, la tête dans les mains. Puis, enfin, elle se mit à pleurer, déchargeant ainsi toute la tension accumulée en elle.

Jamais elle n'avait vécu une journée aussi déstabilisante.

Plus encore que sa rupture avec Gordon, c'était le fait d'avoir compris à quel point elle était attachée à Matt qui la rendait si vulnérable. Et par un fait exprès, le jour même où elle prenait conscience de cette attirance inéluctable, elle devait supporter de voir cette affreuse Lucinda faire du charme à Matt toute la soirée !

Ses larmes coulaient déjà un peu moins fort quand elle entendit une portière claquer à l'extérieur, puis un bruit de pas. Prise d'une panique subite, elle réalisa alors qu'elle se trouvait en pleine nuit sur une route parfaitement déserte. Elle était une proie toute désignée pour un individu animé de mauvaises intentions.

Elle était en train de chercher fébrilement sa clé de contact pour démarrer au plus vite quand quelqu'un ouvrit sa portière. Terrorisée, elle mit quelques secondes à reconnaître Matt dans l'obscurité.

— Je suis parti quelques minutes après vous de chez Mike et Christine et je vous suivais, expliqua-t-il. Quand je vous ai vue stopper sur le bord de la route, j'ai pensé que vous aviez un problème mécanique. Vous avez peut-être besoin d'aide ? ajouta-t-il d'un ton plein de sollicitude.

Nicola se força à le regarder, priant pour qu'il n'aperçoive pas ses larmes dans la lueur blafarde du plafonnier.

— Ma voiture va très bien, merci, balbutia-t-elle avec peine.

— Vous avez l'air si pâle... C'est à cause de votre fiancé, bien sûr, dit-il d'une voix presque timide.

Elle baissa les yeux, en proie à un profond malaise : à l'évidence, le plafonnier l'avait trahie.

— Pardonnez-moi d'être si indiscret, mais j'ai surpris bien involontairement votre conversation avec Christine, tout à l'heure dans la cuisine, reprit Matt avec douceur. J'ai donc appris que vous aviez rompu. Je suis désolé.

Sur ces mots, il claqua la portière de Nicola et s'éloigna dans la nuit. Etonnée, elle crut qu'il avait regagné sa propre voiture mais une seconde plus tard, il ouvrait la portière côté passager et prenait place sur le siège. Il avait simplement fait le tour de la voiture pour la rejoindre.

Partagée entre la joie fébrile de le savoir si proche et l'angoisse de se voir découverte, elle n'osait le regarder.

— Je sais que, dans ce genre de circonstances, les paroles semblent dérisoires, mais ne regrettez pas votre fiancé, murmura Matt. S'il n'a pas su vous garder, c'est qu'il ne méritait pas votre amour.

Bouleversée, elle le dévisagea d'un air ahuri, tandis que les larmes se remettaient à couler sur ses joues. Il croyait qu'elle pleurait à cause de Gordon ! pensa-t-elle, en plein désarroi. Et elle devait le laisser dans l'erreur, sous peine de lui dévoiler ce qu'elle osait à peine s'avouer à elle-même.

— Je vous assure. Il ne mérite pas que vous pleuriez pour lui, reprit Matt d'une voix apaisante.

A travers un brouillard, elle le vit avancer la main vers elle et son cœur se mit à battre plus vite quand il essuya les larmes qui coulaient sur sa joue. La caresse de sa main sur sa peau était si douce que, dans un accès de folie, elle souhaita qu'il continue. Vibrante d'émotion, elle ferma les yeux et resta immobile pour que cet instant magique dure le plus longtemps possible.

— Nicki, ne pleurez pas, reprit-il d'une voix cette fois presque inaudible.

Alors, sans savoir comment, elle se retrouva serrée contre lui. D'un bras, il la tenait enlacée, tandis que de son autre main il lui caressait les cheveux d'un geste si doux qu'il en était presque tendre.

Alors, cédant à un irrésistible appel, elle leva le menton vers lui, lui offrant sa bouche dans un geste d'invite aussi irréfléchi que spontané. Ils se dévisagèrent avec une intensité presque insupportable. Dans le regard sombre de Matt, Nicola lut une interrogation muette et douloureuse qui l'émut au plus profond d'elle-même. Quoique Matt puisse penser à cette seconde, songea-t-elle, elle avait l'étrange sensation de ne pas lui être indifférente.

— Nicki..., murmura-t-il d'une voix rauque qui la fit frissonner.

Quand il prit ses lèvres, elle crut que le temps s'arrêtait, tant l'émotion la submergeait. D'abord, il les effleura furtivement, timidement presque, comme s'il avait peur d'effaroucher sa compagne. Puis, comme elle se laissait faire, d'abord consentante, puis accueillante, il l'enlaça encore plus fort et sa bouche s'empara de celle de Nicola avec une ardeur qui arracha à la jeune femme un gémissement de plaisir.

Le baiser qui suivit fut si passionné, si intense qu'il sembla à Nicola qu'il ne devait et ne pourrait jamais prendre fin. C'était comme si tous deux assouvissaient enfin une soif longtemps contenue, comme s'ils revenaient à la vie dans les bras l'un de l'autre.

Matt s'était déplacé et ils étaient à présent enlacés si intimement que la jeune femme sentait le torse puissant de son compagnon serré contre sa poitrine. Tandis que le rythme de leur baiser s'accélérait encore, emportant Nicola dans un tourbillon de sensations merveilleuses, elle se prit à rêver que cette étreinte se prolonge encore, que leurs corps soient débarrassés de la barrière des vêtements, que...

Le bruit strident d'un klaxon et la lumière de phares dans l'obscurité la ramenèrent cruellement à la réalité. A quelques mètres d'eux, une voiture passait.

Nicola se dégagea brusquement de l'étreinte de Matt.

Sans cette voiture providentielle, elle s'apprêtait bel et bien à faire l'amour avec lui sur la banquette arrière, comme la plus inconsciente des adolescentes! Avait-elle donc oublié la leçon du passé?

Matt dut percevoir sa tension intérieure car il ne chercha pas à la retenir.

— Je suis désolé, murmura-t-il d'un air navré. Je n'avais pas l'intention de...

Elle ne répondit pas et resta prostrée, les yeux baissés.

— Nicola, je tiens à vous raccompagner chez vous, ajouta-t-il d'une voix plus ferme. Vous n'êtes pas en état de conduire.

Elle eut soudain la certitude que si elle restait une minute de plus en sa présence, elle s'effondrerait.

— Je vais très bien, répliqua-t-elle d'un ton sec. Laissez-moi, je vous en prie.

Les événements s'étaient tellement précipités qu'elle ne savait plus où elle en était. Mais une chose était certaine : par sa propre faute, ce qui n'était de la part de Matt qu'un simple geste de réconfort s'était transformé en une scène d'une sensualité torride. Alors qu'elle se croyait adulte et responsable, elle s'était montrée incapable de maîtriser les forces qui la poussaient vers lui.

Qu'allait-il penser d'elle? se demanda-t-elle avec horreur. Probablement la même chose que la première fois, même s'il n'avait pas fait le rapprochement entre l'adolescente d'hier et la femme d'aujourd'hui. C'est-à-dire, dans les deux cas, qu'elle était une fille facile...

Sur les traits tendus de Nicola, Matt perçut-il le reflet de la douleur intense qu'elle s'efforçait de dissimuler ? Toujours est-il qu'il resta un moment à l'observer, hésitant visiblement à lui obéir.

— Partez, Matt ! reprit-elle d'une voix suppliante.

Enfin, à son grand soulagement, il sortit de la voiture. Mais il se pencha vers elle par la vitre ouverte.

— Soit, dit-il, je vous laisse. Mais que vous le vouliez ou non, je vais vous suivre jusque chez vous. Il n'est pas question que je vous laisse rentrer seule dans l'état où vous êtes. Je tiens à m'assurer que vous arriverez à bon port.

Nicola fit mine de protester, mais il l'interrompit d'un geste de la main.

— Je suis navré, dit-il, mais cette fois vous n'aurez pas le dernier mot.

Nicola comprit qu'elle n'avait pas le choix. D'un geste las, elle tourna la clé de contact et démarra.

Sans savoir comment, elle parvint à conduire, rassurée malgré elle par la présence de Matt qui la suivait à quelques mètres. Par bonheur, elle connaissait si bien la route qu'en dépit de l'état second dans lequel elle se trouvait, elle parcourut sans encombre les kilomètres qui la séparaient encore de son domicile.

Quand elle se gara devant chez ses parents et qu'elle aperçut Matt arrêté derrière elle, elle se força à rentrer dans la maison sans se retourner, feignant d'ignorer sa présence discrète et vigilante.

Mais dès qu'elle eut refermé derrière elle la porte d'entrée et qu'elle se retrouva dans la pénombre familière du grand hall dallé de marbre, elle s'adossa contre le battant et se prit la tête entre les mains.

Se remettrait-elle jamais de cette folle soirée? se demanda-t-elle, désespérée, en proie à un insoutenable sentiment de honte à la pensée de ce qu'elle avait fait.

Alors que Matt cherchait par pure gentillesse à la consoler de ce qu'il pensait être une déception sentimentale, elle s'était laissé entraîner dans un baiser passionné qui n'avait aucun sens. Et non seulement elle n'avait rien fait pour contrôler l'élan qui la poussait vers Matt, mais elle lui avait rendu son baiser avec ardeur et s'était offerte comme la plus délurée des femmes. Si cette voiture providentielle n'était pas passée en klaxonnant, ils auraient fait l'amour à même les sièges de la voiture!

Elle n'avait pourtant plus quinze ans! Elle en venait presque à regretter que Matt ne l'ait pas reconnue. Si cela avait été le cas, il l'aurait certainement évitée comme la peste et rien de ceci ne serait arrivé.

Le pis était qu'elle ne pouvait même pas lui en vouloir de quoi que ce fût dans toute cette affaire. C'était elle qui s'était méprise sur son geste de réconfort, elle qui l'avait encouragé quand il lui avait effleuré les lèvres d'un baiser d'abord furtif. Si elle avait manifesté la moindre réserve, il aurait compris et n'aurait pas insisté, elle en était certaine.

D'ailleurs, n'avait-il pas eu la courtoisie de s'excuser après leur baiser, prenant sur lui, avec une infinie délicatesse, la responsabilité de ce qui s'était passé, alors qu'elle était la plus coupable?

Luttant contre un profond désespoir, Nicola monta l'escalier d'un pas lent et se réfugia dans sa chambre.

Tout en se déshabillant mécaniquement, elle essaya de calmer l'angoisse sourde qui la minait.

Sa seule chance de salut était le départ de Matt qui, par bonheur, était imminent. Après ce qui s'était passé dans la voiture, elle se sentait désormais incapable de le côtoyer au quotidien. Son unique espoir était de parvenir, sinon à l'oublier, du moins à vivre avec son souvenir quand il serait rentré à Londres.

Dans l'immédiat, il était par chance persuadé qu'elle aimait Gordon, et elle ne ferait rien pour l'en dissuader, bien au contraire.

Comme le sort était cruel! pensa-t-elle en se glissant entre ses draps.

Après toutes ces années passées à réprimer sa sensualité, il suffisait que Matt lui effleure les lèvres d'un rapide baiser pour qu'elle se transforme en une femme vibrante de désir, prête à oublier ses convictions les plus profondes pour se donner à un homme qui ne l'aimait pas.

Décidément, malgré les souffrances et les larmes, elle n'avait rien appris de l'existence ni de son erreur passée, se dit-elle avec une amertume douloureuse.

Et, comme huit ans auparavant, il allait lui falloir recommencer à vivre avec le sentiment permanent de sa faute...

7.

— Nicola, je vous présente Tim Ford, dit Matt.

— Mieux vaut tard que jamais, commenta Tim en tendant la main à la jeune femme avec un large sourire. Désolé de vous avoir fait faux bond, mais un stupide accident de voiture m'a cloué au lit pendant quelques semaines.

— Enchantée, répondit Nicola en lui rendant son sourire. J'espère que vous êtes remis sur pied... si l'on peut dire, ajouta-t-elle en jetant un coup d'œil à la jambe de Tim, toujours plâtrée.

— Dieu merci, on m'enlève ce carcan dans quelques jours. Et je me sens en pleine forme après ce repos forcé ! s'exclama-t-il gaiement. J'ai hâte de me mettre au travail, et je suis certain que notre collaboration sera fructueuse. Matt ne tarit pas d'éloges sur vos compétences professionnelles.

Nicola ne fit aucun commentaire, mais son sourire se figea sur ses lèvres.

Le seul nom de Matt suffisait à la rendre mal à l'aise. Le côtoyer au bureau tous les jours était devenu pour elle un véritable supplice. Sans l'arrivée providentielle de Tim qui rendait la présence de Matt inutile, elle aurait probablement démissionné...

En effet, depuis le baiser qu'ils avaient échangé après le dîner chez Christine, chaque journée de travail mettait les nerfs de la jeune femme à rude épreuve.

Elle avait perdu du poids et des cernes marquaient son visage aux joues creuses. La nuit même ne lui apportait aucun répit : en proie à des insomnies, elle s'endormait à l'aube pour se réveiller exsangue et de plus en plus affaiblie.

Son entourage avait fini par remarquer sa maigreur et son irritabilité. Par bonheur, à l'instar de Matt, parents et amis mettaient cette fragilité sur le compte de sa rupture avec Gordon. Par délicatesse, ils évitaient d'aborder le sujet, certains qu'avec le temps le problème s'atténuerait.

Nicola, elle, savait qu'il n'en serait rien. Car elle avait enfin admis la réalité, si cruelle qu'elle pût être : elle était irrémédiablement amoureuse de Matt.

Ce dernier ne paraissait heureusement s'être aperçu de rien et se montrait aussi courtois et attentionné qu'à l'habitude. Il ne semblait pas tenir rigueur à Nicola de ce moment d'égarement. La jeune femme espérait qu'il ne jugerait pas nécessaire d'évoquer le sujet et de provoquer une explication inutile, mais malheureusement elle se trompait...

Le lendemain de l'incident, elle parvint par miracle à éviter de se trouver seule avec Matt au bureau, invoquant un prétexte ou un autre pour quitter la pièce dès qu'ils se trouvaient en tête à tête.

Aussi, quelle ne fut pas sa surprise lorsqu'une fois rentrée chez elle, soulagée d'être enfin hors de sa présence, elle vit Matt se garer devant la maison familiale.

Pour se changer les idées et tenter d'atténuer la tension intérieure qui la minait, elle avait décidé de tailler les rosiers. En jean et en T-shirt, elle se tenait devant la maison, penchée sur les plates-bandes, un sécateur à la main, lorsqu'elle l'aperçut.

Impossible de l'éviter, songea-t-elle, horrifiée, en le voyant descendre de sa voiture.

L'air préoccupé, il poussa la barrière de bois et s'approcha d'elle, visiblement mal à l'aise. En préambule, il s'excusa de venir l'importuner jusque chez elle après une longue journée de travail.

— Il fallait pourtant que je vous parle, Nicola, dit-il, tandis qu'elle se redressait et s'efforçait de maîtriser son émotion. Pour m'excuser de ce qui s'est passé hier soir.

Elle se sentit rougir jusqu'aux oreilles et tira maladroitement sur son T-shirt. Cette visite si inattendue la mettait au supplice, et le simple fait de se retrouver face à Matt la bouleversait. Incapable d'articuler la moindre parole, elle attendit qu'il ait fini de parler en priant pour que cette épreuve cesse au plus vite.

— Je suis sincèrement navré de cet incident, et je tiens à vous dire que cela ne se reproduira plus, reprit-il. Je sais que vous aimez Gordon, et que vous n'êtes pas encore remise de votre rupture.

Il sembla hésiter un instant, comme s'il attendait une confirmation de la part de Nicola. Mais elle resta muette.

— Nous avons perdu la tête tous les deux, mais nous sommes suffisamment adultes pour surmonter cet incident. Si nous faisons comme si rien ne s'était passé, notre collaboration professionnelle n'en sera pas altérée. Vous êtes d'accord ?

Nicola se força à hocher la tête en signe d'assentiment, mais elle était effondrée.

Matt considérait ce qui était arrivé comme un moment d'égarement sans conséquence, alors qu'après ce baiser sa vie à elle ne serait plus jamais la même, se dit-elle, les larmes aux yeux.

Jour et nuit elle pensait à lui, se remémorant malgré elle leurs étreintes et les sensations merveilleuses que son baiser avait provoquées en elle. Et lui venait froidement lui proposer un marché, comme s'il s'était agi d'une simple formalité !

Huit ans auparavant, Matt l'avait marquée dans sa chair sans même qu'elle s'en aperçût. Cette fois, c'était au plus profond de son cœur qu'il avait imprimé sa marque, et elle ne s'en remettrait pas...

Soudain, elle fut ramenée au présent par le coup d'œil étonné que lui lança Tim et elle s'efforça d'être plus attentive. Tim Ford était son nouveau patron et elle était décidée à faire bonne impression sur lui.

En l'absence de Matt, appelé quelques minutes dans un autre bureau, ils se retrouvèrent en tête à tête.

C'était l'occasion de mieux faire connaissance, pensa Nicola en dévisageant Tim aussi discrètement que possible. Elle savait peu de choses sur lui, en dehors du fait qu'il était célibataire et avait fait toute sa carrière au côté de Matt. Grand et svelte, il ne manquait pas de charme. Après avoir étudié son visage aux traits fins et son regard clair et direct, Nicola décida qu'il était non seulement bel homme mais aussi tout à fait sympathique. Leur collaboration s'annonçait sous de bons auspices, se dit-elle, rassérénée.

Peut-être, Matt une fois parti, parviendrait-elle à s'investir de nouveau suffisamment dans son travail pour l'oublier...

— Les rendez-vous de chantier risquent d'être difficiles pour vous, remarqua Nicola à l'adresse de Tim en désignant sa jambe avec un sourire.

— En effet. Mais Matt ne m'a pas caché que vous étiez une femme de terrain. Je m'en remettrai donc à vous pour les rendez-vous à l'extérieur. Jusqu'à ce qu'on me libère enfin de ce plâtre...

Pendant le quart d'heure qui suivit, ils discutèrent à bâtons rompus, sur un ton aussi détendu qu'amical, et bien vite Nicola eut la conviction que Tim était l'homme qu'il fallait pour succéder à Alan. Comme Matt, il connaissait parfaitement son métier, et, comme lui, il semblait avoir l'habitude de diriger.

Quand Matt les rejoignit, ils plaisantaient gaiement. Au moment où il les aperçut, détendus et souriants, il fronça les sourcils et ses traits se figèrent.

— Nicola, pourriez-vous nous laisser, s'il vous plaît? demanda-t-il d'un ton sec. J'ai quelques dossiers à voir avec Tim en particulier.

Nicola lui lança un regard étonné. Jamais, d'ordinaire, il n'usait d'un ton aussi cavalier avec elle. Qu'avait-elle fait pour mériter un tel traitement? Un instant, elle se demanda s'il n'avait pas été froissé que le courant passe si bien entre Tim et elle, mais elle écarta bien vite cette idée de son esprit. Matt n'avait certainement que faire de ce qu'elle pensait de Tim.

Blessée, elle se leva sans un mot et quitta la pièce. Une fois à sa table, dans la solitude de son bureau, elle s'efforça de faire le point sur la situation.

Cette collaboration de tous les instants avec Matt lui avait fait perdre le sens de la réalité, et il était urgent qu'elle prenne fin. Jusqu'au départ de son patron, heureusement imminent, elle devait l'ignorer, ou tout au moins faire semblant...

Pour préserver ce qui lui restait d'équilibre nerveux, elle devait se persuader qu'elle ne représentait rien pour Matt, et cesser de chercher des intentions cachées dans ses moindres paroles.

Ce baiser dans la voiture n'était pour lui qu'un épiphénomène, il l'avait lui-même admis. Elle était amoureuse de lui, mais lui ne s'intéressait pas à elle. D'ailleurs, à supposer même qu'il éprouve un jour quelque chose pour elle, toute relation véritable était à jamais impossible. En effet, le passé formerait toujours entre eux une barrière infranchissable.

Pour toutes ces raisons, elle n'avait pas d'autre choix que l'oublier...

Une heure plus tard, Matt et Tim passèrent dans le couloir et s'arrêtèrent un instant devant le bureau de la jeune femme.

— Si on me demande, Nicola, dites que je suis sorti déjeuner avec Tim, lança Matt par la porte entrouverte.

— Mais je croyais que Nicola nous accompagnait! s'étonna Tim en jetant un regard surpris à Matt.

— Oh! je suis sûr que Nicola a bien mieux à faire à l'heure du déjeuner... Nous l'emmènerons une autre fois, répondit Matt avec un petit rire déplaisant.

L'attitude de Matt peina tant Nicola que l'idée de déjeuner seule lui parut insupportable. Pourquoi la rejetait-il ainsi? se demanda-t-elle, les larmes aux yeux. Voulait-il la punir de ce qui s'était passé dans la voiture? Quelle qu'ait été sa responsabilité, elle ne méritait pas un tel traitement.

Dès que les deux hommes eurent disparu dans l'ascenseur, elle appela Christine. Seule son amie saurait la réconforter, se dit-elle, en plein désarroi. Jamais elle n'avait eu autant besoin de sa gaieté communicative...

Par chance, Christine était libre. Un peu étonnée tout d'abord de ce coup de téléphone tardif, elle accepta bien vite l'acceptation à déjeuner de Nicola. Les deux amies convinrent d'un rendez-vous une demi-heure plus tard dans un petit restaurant italien du centre-ville.

— Tu en as de la chance de pouvoir manger des pâtes! s'exclama Christine quand le serveur se fut éloigné après avoir pris leur commande. Moi, il faut que je fasse attention à tout. Et encore plus depuis que je suis de nouveau enceinte..., ajouta-t-elle avec un sourire complice.

Ravie d'apprendre la nouvelle, Nicola félicita son amie avec chaleur et la complimenta sur sa mine resplendissante.

— Oui, je supporte très bien mes grossesses, j'ai de la chance, reconnut Christine. C'est probablement la joie de savoir qu'on porte un enfant...

Soudain sérieuse, elle sembla réfléchir.

— J'espère que tu connaîtras ce bonheur un jour,

remarqua-t-elle avant de s'interrompre, l'air navré. Oh ! je suis désolée d'avoir dit ça alors que tu viens de rompre avec Gordon... Excuse-moi, j'ai parlé trop vite, comme d'habitude. Je ne voulais pas te faire de peine, Nicola. Je sais que tu traverses des moments difficiles actuellement.

— Ne t'inquiète pas, Christine. A vrai dire, ma rupture avec Gordon ne m'a pas beaucoup affectée.

Nicola s'interrompit et hésita un instant à poursuivre. Mais le désir de se confier était trop fort.

— En fait, je n'étais pas vraiment amoureuse de lui, dit-elle enfin.

Christine lui jeta un regard effaré.

— Mais pourquoi alors fais-tu cette tête d'enterrement depuis quelque temps ? Et ne me raconte pas d'histoires ! Je sais bien que quelque chose ne va pas : tu maigris, tu ne souris plus jamais... A vrai dire, tu présentes tous les symptômes classiques du chagrin d'amour ! Alors explique-toi ! De qui s'agit-il, si ce n'est pas de Gordon ?

Nicola rougit et baissa les yeux. Christine la connaissait si bien qu'elle n'osait pas lui mentir.

— Nicki, dit alors lentement son amie, ne me dis pas que c'est...

Elle s'interrompit et dévisagea son interlocutrice avec stupeur.

— J'en suis sûre à présent ! s'exclama-t-elle. Ce n'est pas Gordon qui est en cause, mais Matthew Hunt !

— Oui, admit Nicola d'une voix lasse. C'est lui. Je suis tombée dans le panneau... Le scénario classique de la secrétaire insignifiante qui se meurt d'amour pour son séduisant patron, sans espoir de retour. Tu vois ce que je veux dire ? conclut-elle avec un cynisme désabusé qui serra le cœur de Christine.

— Que tu es sotte, Nicki ! D'abord, tu n'es ni secrétaire, ni insignifiante ! Ensuite, je ne m'avancerais pas trop quant aux sentiments de Matt si j'étais toi. Il m'a paru loin d'être indifférent à ta présence, lors de mon dîner.

— Tu divagues, Christine ! rétorqua Nicola avec violence. Il cherchait juste à décourager Lucinda. D'ailleurs, n'en parlons plus, et oublie ce que je viens de te dire. J'espère seulement que les autres personnes de mon entourage ne seront pas aussi perspicaces que toi. Heureusement, Matt va bientôt quitter la région. Tim Ford, mon nouveau directeur, est arrivé ce matin, je viens de faire sa connaissance.

— Matt quitte la région ? demanda Christine. Cela m'étonne ! J'ai entendu Mike dire pas plus tard qu'hier qu'il prolongeait la location de sa maison.

— Sûrement pas ! En tout cas, pas pour lui... Peut-être Tim va-t-il reprendre son bail ?

Elle jeta tout à coup un regard angoissé à Christine.

— Tu ne diras rien à personne, n'est-ce pas ? Même pas à Mike ? demanda-t-elle d'une voix inquiète.

— Non, je te le promets, Nicola. Même pas à Mike. Tu sais, je me souviens moi aussi du jour où je suis tombée amoureuse de Mike. J'étais persuadée de lui être indifférente, et je serais morte de honte si quelqu'un avait dévoilé mon secret. Je resterai muette comme une carpe, tu peux me faire confiance. Mais ne désespère pas : je jurerais que Matt s'intéresse à toi, malgré tout ce que tu peux en penser.

— Allons, Christine, je sais que tu essayes de me réconforter, mais tu perds ton temps, murmura Nicola d'une voix lasse. Je ne me fais aucune illusion, et c'est mieux ainsi.

Un instant, elle fut tentée d'aller plus loin dans ses confidences, de révéler à son amie le secret qui l'oppressait et qui faisait que, quoi qu'il arrive, toute relation avec Matt lui était interdite. Christine n'avait aucun préjugé, et elle était peut-être la seule personne autour d'elle qui saurait la comprendre et non la condamner si elle lui avouait son passé.

Mais, une fois encore, le sentiment de culpabilité et de honte la retint, et elle se tut.

— Il faut que je rentre à présent, dit-elle en regardant sa montre. Tu ne peux pas savoir combien cette conversation m'a fait du bien, Christine. Et encore bravo pour le bébé ! J'imagine que Mike est déjà complètement gâteux, comme pour Peter... Je me réjouis à l'idée de pouponner à ta place de temps en temps.

— Ça tombe bien ! répondit Christine en souriant. J'ai l'intention de te demander d'être la marraine ! Tu es d'accord, j'espère ?

Infiniment touchée, Nicola ne répondit pas mais serra avec émotion dans ses bras son amie.

Lorsqu'elle s'éloigna, Christine suivit longtemps sa silhouette des yeux, et son sourire se figea sur ses lèvres. Nicola l'inquiétait. Jamais elle ne l'avait vue aussi perturbée.

Mais que pouvait-elle faire pour l'aider, à part prier pour que son intuition se révèle exacte, et que Matt soit effectivement tombé sous son charme ?

Les jours suivants, Nicola remarqua un changement radical dans la façon dont Matt se comportait avec elle. Alors qu'il l'avait toujours associée à chacune de ses décisions, sollicitant son avis, entrant volontiers dans son bureau pour lui montrer un dossier et en discuter avec elle à bâtons rompus, il espaçait leurs rencontres autant qu'il le pouvait. Lorsqu'elle avait une question à lui poser sur un point précis, il lui demandait de s'adresser à Tim, comme s'il cherchait à l'éviter.

Elle en vint à se dire qu'il ne voulait plus la voir, qu'il l'avait prise en horreur. Elle aurait dû se réjouir de cet état de fait, se convaincre que tout était mieux ainsi, mais elle ne pouvait s'empêcher d'éprouver une douleur sourde à la pensée que, bientôt, il regagnerait Londres et disparaîtrait à jamais de son existence.

Bien sûr, tout valait mieux que de continuer à le

côtoyer en se mourant d'amour pour lui et en sachant qu'elle ne serait jamais payée de retour... Mais comme il allait lui manquer !

Enfin arriva le jour du départ officiel de Matt. Plus pâle encore que d'habitude, Nicola le vit arriver tout courant, visiblement pressé, et annoncer à la cantonade qu'il partirait à l'heure du déjeuner.

Comme Evie lui demandait s'il rentrait directement à Londres, il expliqua qu'il s'accordait quelques jours de vacances.

— Ma sœur est arrivée du Canada hier, et je ne l'ai pas vue depuis longtemps. Je vais passer un peu de temps en famille. Mon autre sœur sera là également. Il y a des années que nous n'avons pas été tous réunis, et je ne voudrais pas rater cette occasion pour un empire.

— Vous avez des neveux et nièces ? s'enquit Evie.

— Oui, plusieurs. Deux nièces, trois neveux, plus adorables les uns que les autres. Et un autre en route..., ajouta-t-il avec un sourire plein de tendresse qui bouleversa Nicola.

Matt devait partir vers 14 heures, et Nicola se surprit à écourter son déjeuner pour ne pas revenir trop tard au bureau. Malgré elle, elle tenait à être présente au moment où il prendrait congé. Pour profiter encore quelques secondes de sa présence...

Mais quand elle revint à l'heure dite, la voiture de Matt avait disparu, et Tim lui apprit qu'il avait avancé son départ. Par bonheur, penché sur un mémo, il ne la vit pas blêmir et s'accrocher au dossier d'un fauteuil, les jambes tremblantes.

Cette fois, c'était bel et bien fini, se dit-elle, tandis qu'un grand froid la saisissait.

— Je me demandais, reprit Tim tout à coup, si vous pourriez me donner quelques informations sur la vie locale et sur la meilleure façon de rencontrer des gens. Vous connaissez certainement des associations de sport, par exemple.

Nicola fit un effort pour reprendre le contrôle d'elle-même. Il n'était pas question que Tim soupçonne à quel point le départ de Matt l'affectait.

— Bien sûr, je suis toute prête à vous aider, balbutia-t-elle. J'imagine que ce n'est pas toujours facile de faire des connaissances quand on s'installe dans une ville inconnue. Je peux vous faire gagner du temps en vous présentant quelques amis, si vous voulez. Nous sommes un petit goupe à nous retrouver souvent dans un club de jazz le vendredi. Vous n'avez qu'à venir ce soir...

— Vous êtes sûre ? demanda Tim, l'air soudain réjoui.

Nicola réfléchit rapidement. Non seulement elle n'avait aucune envie de passer la soirée seule après le départ de Matt, mais Tim lui était sympathique et elle était heureuse de pouvoir lui rendre ce service.

— Sûre, répondit-elle.

Une fois de retour chez elle, lorsqu'elle expliqua à sa mère que Tim passerait la prendre pour retrouver quelques amis, Mme Linton ne cacha pas son étonnement.

— Ton nouveau directeur ? J'espère qu'il sera aussi sympathique que Matt... Quel dommage qu'il soit parti !

Nicola fronça les sourcils, soudain soupçonneuse. Quelque chose dans le ton de sa mère l'intriguait. Avec sa perspicacité coutumière, n'aurait-elle pas deviné l'importance que Matt avait prise dans le cœur de sa fille ? Cette hypothèse n'était pas invraisemblable. Pourvu que personne d'autre n'ait eu la même intuition, se dit-elle, prise d'angoisse. Et surtout pas Matt...

En se coiffant devant son miroir, Nicola fut frappée par sa mine défaite et sa pâleur. Les quelques semaines qui venaient de s'écouler avaient été parmi les plus difficiles de son existence, et cela se lisait sur son visage.

Heureusement, Matt était parti. Il ne lui restait plus qu'à apprendre à vivre avec son absence...

**

Tim arriva à l'heure dite, et les deux jeunes gens retrouvèrent bientôt le groupe d'amis que Nicola avait pris l'habitude de voir chaque week-end.

A la grande surprise de la jeune femme, la soirée se déroula dans une ambiance des plus gaies qui parvint enfin à la détendre. Tim sembla faire la conquête de ses amis, visiblement ravis de voir le sourire revenir sur les lèvres de Nicola.

La seule fausse note vint de Lucinda, qui arriva tout à coup à leur table et embrassa Nicola comme si elle était une amie de longue date.

— Comment vas-tu, ma chérie ? lança-t-elle de sa voix de gorge en lançant une œillade séductrice à Tim. Tu n'as pas mis trop de temps à trouver un remplaçant à Gordon, n'est-ce pas ? Mais qu'est devenu Matt ? Il m'a appelée la semaine dernière, mais depuis je n'ai eu aucune nouvelle.

Nicola prit sur elle pour ne pas éclater. Cette femme était épouvantable !

— Tim est mon nouveau patron, Lucinda, expliqua-t-elle sèchement. Quant à Matt, il a quitté la ville définitivement. Mais vous êtes certainement au courant, s'il vous a appelée la semaine dernière, conclut-elle non sans perfidie.

A en juger par l'air piqué de Lucinda, le coup avait porté ! La jolie blonde avait certainement inventé de toutes pièces cet appel téléphonique de Matt dans le seul but de se mettre en avant.

Avec un haussement d'épaules et un mouvement de tête destiné à faire virevolter ses boucles platine, Lucinda salua l'assistance et s'éloigna enfin.

— Quelle redoutable créature ! chuchota Tim à l'oreille de Nicola d'un ton faussement effrayé. Je ne voudrais pas être pris dans ses filets ! Mais, excusez-moi, peut-être est-ce une de vos bonnes amies... ?

— Pas du tout ! répliqua vivement Nicola. Elle est

115

d'une incorrection rare. J'espère que vous n'avez pas été choqué quand elle a suggéré que... que vous étiez mon petit ami...

— Choqué, sûrement pas. Rêveur, peut-être, répondit Tim. Ne me regardez pas avec ces yeux effarés, Nicola. Vous n'avez pas l'air de vous rendre compte à quel point vous êtes charmante. A propos, et si j'ai bien compris les indiscrétions de Lucinda, vous êtes libre de toute attache depuis peu ?

De la part de tout autre homme, Nicola aurait considéré cette question comme indélicate et se serait aussitôt refermée comme une huître. Mais Tim lui était sympathique, et elle n'avait aucune raison de se montrer désagréable envers lui.

— En effet, répondit-elle enfin, mais...

— Mais vous avez l'intention de le rester, c'est cela ?

Il esquissa une moue dépitée qui alla droit au cœur de Nicola.

— Je savais que ce n'était pas mon jour de chance ! lança-t-il avec un rire un peu forcé. Mais nous pouvons tout de même être amis ?

— Nous pouvons parfaitement être amis, conclut Nicola en souriant.

— Nicola, je n'ai pas encore eu l'occasion de vous en parler, mais Matt aimerait que nous assistions à un congrès sur l'environnement qui aura lieu au Grand Hôtel de Bournemouth, le week-end du 28. Pensez-vous être libre ?

— Le sujet me paraît intéressant, répondit Nicola après un temps de réflexion, et je n'ai rien de prévu à cette date-là. Combien de temps dure ce congrès ?

— Nous partirions vendredi soir pour revenir dimanche soir.

Nicola donna son accord et faillit demander à Tim si

Matt serait présent lui aussi. Plus les jours passaient, plus elle pensait à lui, et la perspective de le revoir la bouleversait déjà.

Mais elle se garda bien de poser la question à son patron, de peur d'éveiller ses soupçons. Le seul fait de prononcer le nom de Matt risquait de lui faire perdre tous ses moyens...

Trois jours avant la conférence, Ian Jackson, le contremaître, donna sa démission. Il avait l'intention de monter sa propre entreprise, annonça-t-il fièrement à Tim.

— J'espère qu'il ne va pas débaucher nos meilleurs employés, confia Tim à Nicola après lui avoir annoncé la nouvelle.

— Moi aussi..., répondit la jeune femme. Il est si beau parleur qu'il peut aisément convaincre des esprits fragiles.

— Dans l'immédiat, je compte passer beaucoup plus de temps à surveiller les chantiers, poursuivit Tim. Voilà qui me rappellera le bon vieux temps, quand j'ai démarré avec Matt.

— Ne me dites pas que vous avez commencé par travailler sur le terrain, tous les deux ! s'exclama Nicola, surprise.

— Si ! Matt y tenait beaucoup. Il a eu un itinéraire très original, vous savez. Au lieu de rentrer dans la banque que dirigeait son père, il a préféré quitter l'école très tôt, au grand dam de ses parents, pour faire le tour du monde. Là, il a appris toutes sortes de métiers. C'est à son retour, fort de cette expérience, qu'après un bref séjour à l'université il a monté sa propre entreprise. Matt est un véritable rebelle, sous ses dehors d'homme d'affaires arrivé.

Nicola resta pensive. Quelle personnalité riche que celle de Matt ! songea-t-elle. Rebelle, et cependant parfait homme du monde... Meneur d'hommes à la poigne de fer, capable dans le même temps de se mettre à la portée du plus humble... Doué d'une rare délicatesse, ce qui ne l'avait pas empêché d'abuser de la naïveté d'une adolescente éméchée...

Qui était réellement ce Matthew Hunt aux multiples facettes, cet homme fascinant qui avait éveillé ses sens assoupis et qui hantait désormais chacune de ses nuits?

8.

Tim et Nicola étaient finalement convenus de quitter le bureau pour Bournemouth le vendredi dans la matinée.

Lorsque la jeune femme arriva au travail à l'heure habituelle, Evie l'accueillit avec un regard admiratif. A l'évidence, elle appréciait d'un œil averti la veste cintrée à la coupe parfaite ainsi que la jupe courte assortie qui dévoilait les jambes au galbe irréprochable de Nicola.

— Vous en avez un beau tailleur ! lança-t-elle, surprise. Pourquoi ne le mettez-vous pas plus souvent ?

Nicola se garda bien d'expliquer qu'elle trouvait la jupe beaucoup trop courte, et qu'elle ne le portait que parce qu'elle n'avait pas de tenue qui convienne mieux pour le congrès.

— Moi, je l'aurais agrémenté d'un rouge à lèvres plus soutenu, poursuivit Evie, toute à son affaire. Mais bien sûr, je sais que vous n'aimez pas vous maquiller...

Un rouge à lèvres soutenu... comme le jour où elle avait rencontré Matt pour la première fois, songea Nicola en réprimant un frisson. Huit ans après, le simple fait de se remémorer cette soirée la bouleversait encore. Parviendrait-elle jamais à surmonter ce traumatisme ? Le temps passait, et la douleur était toujours la même.

Elle posa à terre le sac de voyage dans lequel elle avait glissé un jean et des chaussures de marche, au cas où elle aurait un peu de temps à sa disposition pour profiter du parc réputé de l'hôtel.

Devant l'insistance de sa mère, elle avait fini par emporter également son unique robe habillée, celle qu'elle portait au dîner de Christine et qu'elle n'avait pas ressortie du placard depuis cette soirée.

Quand elle avait senti sous ses doigts la soie chatoyante de la robe en la plaçant dans la valise, elle n'avait pu s'empêcher de penser à ces instants merveilleux où Matt l'avait tenue dans ses bras et serrée contre lui.

Mais à quoi bon remuer ainsi le couteau dans la plaie ? Matt était parti, et c'était tant mieux...

Il était déjà 10 heures, et Nicola parcourait le courrier du matin en s'étonnant du retard de Tim quand Evie se précipita dans son bureau.

— Nicola ! Voilà Matt ! s'exclama-t-elle, tout excitée.

Nicola avait à peine eu le temps de maîtriser son trouble qu'effectivement, Matt pénétrait à son tour dans la pièce.

Il lui sembla plus séduisant que jamais dans le costume de lin beige qui soulignait sa silhouette athlétique, mais ses traits étaient tendus et il paraissait fatigué.

Avec une raideur qui trahissait sa tension intérieure, Nicola se leva.

— Si vous êtes venu pour voir Tim, il n'est pas encore là, dit-elle en s'efforçant de le regarder en face malgré son trouble. Je l'attends.

— Je ne suis pas venu voir Tim. Evie, si vous pouvez nous préparer un café, je serai avec Nicola dans mon bureau. Nicola, suivez-moi, ajouta-t-il d'un ton sec à l'adresse de la jeune femme. J'ai à m'entretenir avec vous.

Plus morte que vive, Nicola lui emboîta le pas. Quelle nouvelle avait-il à lui annoncer ? s'interrogea-t-elle, au comble du malaise. Qu'il avait enfin fait le rapprochement entre l'assistante modèle et l'adolescente d'autrefois ? Qu'il avait compris qu'elle était amoureuse de lui et qu'il lui demandait de donner sa démission ? Dans les deux cas, elle était perdue...

— Voilà, commença-t-il d'un ton brusque. J'ai une mauvaise nouvelle à vous annoncer.

Nicola sentit ses genoux se dérober sous elle.

— Tim a fait une chute hier soir sur sa jambe convalescente et le médecin lui interdit de bouger pour l'instant. Il ne pourra malheureusement pas assister au congrès comme prévu. Il est donc d'autant plus important que vous y participiez vous-même. J'espère que l'absence de Tim ne remet rien en cause, en ce qui vous concerne ?

Au fur et à mesure que Matt parlait, les couleurs revenaient sur le visage de Nicola.

— Bien sûr que non ! s'exclama-t-elle, infiniment soulagée. J'espère que ce n'est pas grave, pour Tim ?

— Non, ne vous inquiétez pas, répliqua froidement Matt. Il sera sur pied dans quelques jours. Merci, ajouta-t-il en prenant la tasse qu'Evie, qui venait d'entrer en silence, lui tendait.

— Il faudra juste que je rentre chez moi prendre ma voiture, dit Nicola. Je...

— Non, c'est inutile, coupa Matt. Vous voyagerez avec moi.

La jeune femme crut que son cœur allait cesser de battre. Avait-elle mal entendu, ou s'agissait-il d'une mauvaise plaisanterie ?

— Mais je..., balbutia-t-elle. Vous allez aussi au congrès ?

— Oui, mais en tant qu'orateur. Je préside une table ronde sur la gestion des forêts, et je ne pourrai pas assister aux autres conférences. Voilà pourquoi votre présence est indispensable.

D'une main tremblante, Nicola saisit à son tour une tasse.

Si elle avait su que Matt participait au congrès, elle

n'aurait jamais accepté d'y aller, pensa-t-elle, en plein désarroi. La seule idée de faire le trajet seule avec lui la bouleversait.

— Il est tard, dit Matt en se levant brusquement. Il faut partir. Vous êtes prête, Nicola?

Prête? Non, elle n'était pas prête.

Elle se sentait si vulnérable, si déstabilisée face à lui qu'elle craignait par-dessus tout qu'il ne perce ses sentiments à jour.

Et cela, elle ne le supporterait pas...

9.

Ils roulaient depuis près d'une heure.

Tout à coup, Matt quitta la nationale pour s'engager sur une route secondaire qui serpentait à travers bois.

Quand il se gara devant une auberge à l'entrée d'un charmant village, Nicola lui lança un regard interrogateur.

— Nous avons mis moins de temps que prévu, et je pense qu'une petite halte serait la bienvenue, expliqua-t-il. D'autant que, dès que la conférence sera commencée, nous n'aurons plus une minute à nous. Ce soir, vous serez épuisée, tout comme moi. Allons nous restaurer un peu en prévision de l'épreuve qui nous attend !

Avec sa galanterie habituelle, il fit le tour de la voiture pour ouvrir la portière de la jeune femme. Malgré les efforts que fit Nicola pour éviter de le toucher, leurs bras se frôlèrent ; ce simple effleurement l'émut comme la plus sensuelle des caresses. Elle réprima avec peine un frisson et se jura d'être plus vigilante à l'avenir. A aucun prix Matt ne devait soupçonner le pouvoir qu'il avait sur elle.

Dans l'auberge, ils s'installèrent au fond d'une petite salle chaleureuse et accueillante où on leur servit du café bien chaud et des croissants.

Cette légère collation eut sur Nicola un effet bénéfique. Peu à peu, la tension qui l'habitait depuis qu'elle avait revu Matt s'estompa, et elle reprit des couleurs.

123

— Vous avez l'air en meilleure forme que tout à l'heure, remarqua son compagnon après l'avoir longuement observée. Si c'est la santé de Tim qui vous inquiète, rassurez-vous, il n'a rien de grave, ajouta-t-il d'un ton où perçait une certaine ironie.

Nicola rougit malgré elle. Dieu merci, Matt ne soupçonnait pas que son malaise était dû à l'émotion de se retrouver en sa présence, et que pas un instant elle n'avait songé au pauvre Tim de nouveau immobilisé !

— Quoi qu'il en soit, reprit-il, je suis soulagé de voir que votre pâleur a disparu. Ce café vous a fait du bien.

Il lui sourit avec une telle sollicitude que Nicola s'interrogea malgré elle. Il était si délicat, si plein d'attentions à son égard... Se pouvait-il qu'elle ne lui soit pas indifférente ? Bien vite cependant elle chassa cette idée de son esprit. Il se montrait courtois avec elle comme il l'aurait été avec n'importe qui, rien de plus.

Quand ils eurent rejoint la voiture, Nicola s'avança au moment même où Matt s'apprêtait à lui ouvrir la portière et heurta de sa poitrine le torse de son compagnon. L'espace d'un instant, elle respira son odeur, sentit la fermeté de ses muscles puissants contre ses seins. Aussitôt, une vague de chaleur l'envahit, et elle ferma les yeux, en proie à un émoi sensuel si violent qu'elle en était presque effrayée. Jamais elle n'aurait cru pouvoir éprouver un jour une telle sensation de désir brut... Elle se dégagea vivement en priant pour que Matt ne se soit aperçu de rien.

Quand elle osa enfin lever les yeux vers lui, il était au volant, et ses traits impassibles la rassurèrent.

Au bout de quelques kilomètres, Matt proposa de mettre une cassette de musique classique, ce que Nicola accepta avec soulagement. Elle aurait été incapable de bavarder l'air de rien alors que le seul fait de le savoir assis à quelques centimètres d'elle la mettait au supplice.

Pendant tout le trajet, elle lutta contre l'envie irrésistible de contempler Matt, de se pénétrer tout son soûl de son visage aux traits virils et harmonieux, de ses mains aux doigts longs et racés posées sur le volant. Tout en lui la bouleversait, depuis ses lèvres au dessin sensuel jusqu'à ses cils épais qui veloutaient son regard sombre. Mais elle s'interdit de l'observer : il aurait immanquablement senti ses yeux fixés sur lui, et aurait tout de suite compris ce qu'il ne devait à aucun prix deviner.

Aussi feignit-elle de s'intéresser vivement au paysage en regardant par la vitre. Mais, de temps à autre, elle glissait un coup d'œil furtif vers Matt, comme pour emmagasiner en elle des images qu'elle pourrait chérir en secret quand il serait reparti.

Une fois à Bournemouth, se dit-elle pour se rassurer, ils seraient tous deux si occupés qu'elle ne ferait plus que le croiser, et ce serait mieux ainsi. Elle se sentait si fragile en sa présence qu'elle craignait qu'un jour ou l'autre un regard ou un mot ne la trahisse.

Elle arriva à Bournemouth dans un tel état de stress qu'une fois sur le parking de l'hôtel, elle dut s'appuyer contre la voiture pour ne pas tomber, sans s'apercevoir que Matt se précipitait vers elle.

— Que se passe-t-il ? lui demanda-t-il d'un air inquiet en la prenant par les épaules pour la soutenir. Vous ne vous sentez pas bien ?

Pendant une folle seconde, elle s'imagina enfouissant la tête contre son épaule, se lovant contre lui et lui avouant son amour.

— Ce n'est rien, répondit-elle cependant d'une voix faible en chassant cette idée absurde. Je supporte mal les voyages en voiture. Excusez-moi...

Confuse, elle songea que Matt allait regretter de l'avoir emmenée en la voyant si mal en point. Il fallait absolument qu'elle se ressaisisse et fasse un effort pour mieux contrôler ses émotions. Quand donc parviendrait-elle à faire passer au second plan ses sentiments personnels ? Ce week-end à Bournemouth était strictement professionnel : Matt l'avait chargée d'une mission, et elle mettrait un point d'honneur à la remplir, en dépit de ses états d'âme.

Dans le hall de l'hôtel, immense et empli d'une foule aussi dense que bruyante, Nicola hésita un instant, un peu perdue. Mais à son côté la présence rassurante de Matt la réconforta. D'une main ferme, il la saisit par le bras et la guida vers la réception en l'aidant à se frayer un passage à travers les congressistes. Il émanait de lui une telle force maîtrisée, une telle tranquille assurance qu'on ne pouvait que se sentir en sécurité en sa compagnie.

— Suivez-moi, lui glissa-t-il à l'oreille en la poussant vers l'immense comptoir d'acajou autour duquel se pressait une foule dense. Nous allons récupérer nos clés.

A peine Matt se fut-il accoudé au comptoir que, comme par miracle, une jeune femme fut à leur disposition, délaissant aussitôt les autres clients. Le charme de Matt avait encore opéré, se dit Nicola avec un petit pincement au cœur qui ressemblait fort à de la jalousie.

— Vous désirez, monsieur? demanda la ravissante blonde avec un sourire enjôleur.

Nicola se força à ne pas prêter attention au manège de l'hôtesse, qui trouvait visiblement l'homme d'affaires fort à son goût. Matt, lui, semblait ne rien avoir remarqué. Il devait être accoutumé à attirer sur lui tous les regards féminins, en conclut Nicola avec amertume.

Il régla en quelques secondes la question des bagages et des clés. Il s'apprêtait à tendre les siennes à Nicola quand un homme de forte corpulence heurta cette dernière et lui fit perdre l'équilibre.

Sans l'intervention de Matt, qui la rattrapa par le bras et l'attira à lui, elle serait tombée. Un instant, elle resta immobile, serrée contre Matt, en proie à un trouble si profond qu'elle faillit s'évanouir d'émotion. Le souffle chaud de Matt lui caressait la nuque, et elle ferma les yeux, enivrée par la senteur musquée de son eau de toilette, mêlée à l'odeur discrètement virile de sa peau.

Contrairement à elle, il ne semblait pas ému le moins du monde, se dit-elle le cœur serré quand elle eut repris ses esprits.

— Allons-nous-en, dit-il sans la lâcher. Il y a trop d'agitation dans ce hall. D'ailleurs, les premières interventions vont commencer.

La main toujours sur son bras; il l'aida à traverser la foule et ils atteignirent enfin le bureau d'enregistrement du congrès, où on leur fournit à chacun une pochette et un badge.

— Matt! Ravi de te voir! s'exclama soudain quelqu'un derrière eux. J'ai vu avec plaisir ton nom sur la liste des orateurs.

— Ah, bonjour, Steve! répondit Matt en souriant. Je te présente Nicola Linton, ma collaboratrice.

Steve salua Nicola et se mit à discuter du congrès avec Matt. Avec une délicatesse qui alla droit au cœur de la jeune femme, ce dernier prit soin de l'associer à leur conversation.

Plus elle côtoyait Matt, plus elle appréciait cette rare capacité qu'il avait de rester à l'écoute des gens qui l'entouraient, malgré ses hautes fonctions et ses écrasantes responsabilités. Contrairement à tant d'autres, il avait su rester simple malgré le succès.

La première conférence allait commencer : ils se séparèrent, Matt pour retrouver la tribune des orateurs, et Nicola pour assister à un débat dans une salle annexe.

Lorsqu'ils se retrouvèrent, peu après 18 heures, avant de regagner leurs chambres, la jeune femme était au bord de l'épuisement. Matt n'avait pas menti en disant que les congrès pouvaient se révéler éreintants.

— Nous avons un peu plus d'une heure pour nous reposer, lui glissa-t-il dans l'ascenseur. Je suggère que nous nous retrouvions à 19 h 30 pour le dîner de gala. J'espère que vous avez emporté une tenue un peu habillée ; ces soirées officielles sont souvent un peu guindées...

127

Nicola hocha la tête en signe d'assentiment en dissimulant son inquiétude. Une heure ne lui suffirait jamais pour retranscrire au propre la masse d'informations qu'elle avait accumulée dans la journée. Les communications auxquelles elle avait assisté étaient plus passionnantes les unes que les autres, et si denses qu'elle craignait de ne pas avoir tout retenu. Par bonheur, elle avait pris soin d'enregistrer les conférences sur un magnétophone portable et pourrait donc peaufiner ses comptes rendus ultérieurement. Elle tenait à transmettre à Matt et à Tim une synthèse exhaustive du congrès.

Pendant près d'une heure, allongée sur son lit, Nicola nota sur un carnet les thèmes principaux abordés dans la journée de façon à dégager les lignes directrices d'un résumé plus complet. Puis, prise d'une soudaine lassitude, elle posa son crayon.

Il était temps de se préparer pour le dîner, se dit-elle en se levant, luttant contre la fatigue. Elle se changea et se maquilla rapidement. Quelques minutes avant l'heure du rendez-vous, l'ascenseur la déposa au rez-de-chaussée.

Elle traversa la foule pour rejoindre Matt, inconsciente des regards admiratifs que lui lançaient les hommes sur son passage. Avec sa robe fluide qui soulignait sa silhouette gracile, ses longs cheveux bruns qui se répandaient en une masse soyeuse sur ses épaules et son regard bleu intense qui illuminait son visage au teint diaphane, elle était l'image même de la féminité.

Soudain, elle aperçut Matt qui dominait la foule de sa haute stature. Il était en grande conversation avec une jolie femme brune vêtue d'une robe moulante, qui lui parlait avec force gestes démonstratifs. Un instant, elle posa la main sur le bras de Matt comme pour mieux ponctuer ce qu'elle disait, et à ce spectacle le cœur de Nicola se serra.

Quand donc comprendrait-elle non seulement que Matt ne s'intéresserait jamais à une femme aussi insignifiante qu'elle, mais qu'il était habitué à séduire les plus belles créatures? Pourquoi était-elle aussi naïve, aussi aveugle?

— Nicola! Je vous cherchais!

Elle se retourna brusquement et se trouva nez à nez avec Matt, qui avait abandonné sa jolie brune.

— Je viens d'arriver, balbutia-t-elle, mal à l'aise.

Il ne sembla pas remarquer son trouble et la questionna sur la façon dont s'était passée sa journée. Bientôt, ils se mirent à discuter de la conférence et la jeune femme se félicita que la conversation prenne un tour aussi professionnel.

Si seulement tout le week-end pouvait se dérouler ainsi! songea-t-elle. Si seulement elle pouvait oublier l'attirance irrésistible qu'elle éprouvait pour Matt, et ne plus rêver à ce qui n'existerait jamais entre eux...

Les portes de la grande salle à manger de gala dans laquelle devait se tenir le dîner officiel s'ouvrirent tout à coup, et les convives s'avancèrent. Dans le mouvement de foule qui s'ensuivit, Matt et Nicola se retrouvèrent serrés l'un contre l'autre une fois encore. De nouveau, une vague de chaleur submergea la jeune femme qui sentit ses jambes se dérober sous elle.

— Ne vous inquiétez pas, dans quelques secondes nous serons libérés, lui dit Matt à l'oreille, tout en la soutenant d'un bras ferme.

Par bonheur, une fois encore il s'était mépris sur l'origine de son malaise. Mais elle devait absolument se montrer plus vigilante, sans quoi il finirait par comprendre l'ascendant qu'il avait sur elle.

Enfin, l'accès à la salle à manger se dégagea et elle suivit Matt vers la table qui leur avait été désignée. Ils étaient les derniers et Nicola en s'asseyant constata qu'elle était la seule femme. D'ordinaire, une telle situation lui aurait été très pénible, mais la présence protectrice de Matt la rassurait. Lorsqu'il était là, elle ne craignait plus le regard des autres hommes...

— Tiens, tiens, je vois que vous êtes toujours ensemble..., lança tout à coup l'un des convives d'un ton moqueur. De façon permanente, cette fois ?

Nicola crut que son cœur allait cesser de battre. Elle aurait reconnu entre toutes la voix nasillarde de Jonathan Hendry. Luttant contre une irrésistible envie de prendre la fuite, elle blêmit et redressa la tête dans un ultime sursaut de dignité.

Il était assis en face d'elle, un mauvais sourire aux lèvres. Non seulement il n'avait pas oublié cette soirée où elle avait cherché à l'humilier, mais il les avait reconnus tous les deux, Matt et elle ! Comment Matt allait-il réagir ?

Au supplice, elle tourna lentement la tête vers ce dernier et la lueur de stupéfaction qu'elle lut dans ses yeux sombres fut pour elle le coup de grâce. A présent qu'il savait, elle n'oserait plus jamais le regarder en face...

Cette fois, incapable de surmonter sa honte et sa panique, elle bredouilla quelques mots d'excuse inintelligibles et quitta la table à la hâte.

« Qu'ils pensent ce qu'ils veulent, les uns et les autres ! » songea-t-elle, les yeux brouillés de larmes. Désormais, plus rien n'avait d'importance.

Elle était si mal en point qu'elle trébucha et faillit tomber à plusieurs reprises, indifférente aux regards étonnés que lui adressaient les gens sur son passage.

A la table qu'elle venait de quitter, Matt s'était levé à son tour et la regardait s'éloigner dans la foule, ébahi. Tous le dévisageaient, perplexes. Il s'apprêtait à suivre Nicola quand Jonathan s'approcha de lui.

— Désolé, mon vieux, dit-il d'une voix goguenarde. La demoiselle est toujours aussi sensible, apparemment... Mais il n'y a pas de quoi en faire toute une histoire. Rasseyez-vous, et mangeons, que diable !

— Je n'ai que faire de vos commentaires, Hendry.

Sachez que j'ai votre comportement en horreur, et que c'est pour cette seule raison que j'ai cessé de faire appel aux services de votre cabinet.

— Voyons, M.H. ! s'exclama Jonathan, interloqué. Vous n'allez pas monter sur vos grands chevaux pour une histoire de femme sans importance !

— Ne prononcez pas un mot de plus, reprit Matt avec un calme inquiétant. Je ne suis pas un adepte de la violence, mais vous pourriez me faire changer d'avis.

— Calmez-vous ! rétorqua Jonathan sans se démonter. Et reconnaissez plutôt que Nicola cache bien son jeu. Quand je pense que cette petite sainte-nitouche s'est quasiment jetée dans vos bras et a fini dans votre lit quelques heures après vous avoir rencontré, alors qu'elle était censée être amoureuse de moi ! Je n'ai pas apprécié, et je dois dire que j'étais surpris. Tout comme je le suis de vous voir de nouveau ensemble aujourd'hui...

— Cela suffit, Hendry. J'ai peur que vous n'ayez pas bien compris le sens de mes paroles, lança Matt en avançant d'un pas.

Cette fois, Jonathan se le tint pour dit et se rassit sans ajouter un mot, l'air penaud. Pendant ce temps, Matt saluait les autres convives d'un bref signe de tête.

— Désolé, messieurs. Mais je suis sûr que vous comprendrez que cette petite scène m'a coupé l'appétit. Je vous souhaite une excellente soirée.

Sur ces mots, il s'éloigna à grandes enjambées, tandis que mille pensées se bousculaient dans son esprit.

Comment n'avait-il pas compris plus tôt que Nicola n'était autre que cette adolescente qu'il avait trouvée irrésistible huit ans auparavant, malgré son maquillage outré et sa tenue impossible ? Il avait bien failli abuser de sa naïveté, ce matin-là, tant elle avait éveillé son désir, et il s'en était fallu de peu qu'il la possède. Mais la raison avait été la plus forte : elle était si jeune, si vulnérable qu'il aurait regretté toute sa vie d'avoir profité de la situation.

Nicola, elle, l'avait certainement reconnu dès le départ, pensa-t-il en se remémorant son visage défait quand Jonathan avait parlé. Pour elle, la situation devait être insupportable.

Une fois dans le hall, il hésita un instant avant de se diriger d'un pas déterminé vers la réception. Là, il parlementa quelques secondes avec l'employée pour la convaincre d'accéder à sa demande.

La jeune femme se fit prier quelques instants, puis finit par lui remettre ce qu'il désirait.

Dans sa chambre, Nicola s'affairait avec des gestes hagards à remplir sa valise. Dans son esprit choqué, une seule idée émergeait : la nécessité absolue de rentrer chez elle et de quitter au plus vite ce cauchemar. Comme un animal blessé, elle aspirait à être seule pour se cacher et panser ses plaies.

La seule chose qui lui semblait essentielle à cet instant était de ne plus jamais se retrouver face à Matt. Elle ne supporterait pas cette humiliation ultime...

Ce qu'elle redoutait par-dessus tout s'était enfin produit, se dit-elle en essuyant ses larmes. Matt savait désormais qui elle était, et quelle conduite inqualifiable avait été la sienne huit ans auparavant. Mais jamais elle n'aurait pu imaginer que les choses se passeraient de façon aussi humiliante, sous le regard sardonique de Jonathan et devant témoins ! De tous les scénarios possibles, celui-ci était le pire. Finalement, Jonathan avait eu sa revanche, songea-t-elle en se remémorant la lueur sadique qui brillait dans ses yeux quand il l'avait interpellée.

La conduite à suivre était claire à présent : elle donnerait sa démission, sous un prétexte ou un autre. Peut-être même avouerait-elle la vérité à ses parents... Elle était lasse de vivre dans le mensonge, lasse de porter seule ce secret qui l'oppressait depuis tant d'années. A présent qu'elle était démasquée, elle n'aspirait qu'à se libérer de son fardeau.

Elle n'entendit pas la clé tourner dans la serrure, ne vit pas Matt pénétrer à pas furtifs dans la pièce.

Puis, tout à coup, un léger bruit l'intrigua et elle se retourna. Comme dans un mauvais rêve, elle l'aperçut debout devant la porte. Il la dévisageait d'un air calme qui la surprit infiniment.

— Je vois que vous avez presque fini vos bagages, constata-t-il. C'est parfait.

Elle blêmit comme s'il l'avait soufletée. Elle savait qu'il ne pourrait pas la conserver parmi ses employés à présent qu'il connaissait la vérité, mais jamais elle n'aurait imaginé qu'il puisse s'adresser à elle sur ce ton froid et protocolaire pour la congédier.

Baissant la tête pour dissimuler les larmes qui coulaient silencieusement sur ses joues, elle tenta de fermer sa valise. Mais ses mains tremblaient tellement qu'elle n'y parvint pas : Matt dut s'approcher du lit pour s'en charger.

— Si vous êtes prête, je vous accompagne..., commença-t-il.

A l'évidence, il voulait s'assurer en personne qu'elle quittait bien l'hôtel, se dit Nicola, anéantie. Sinon, comment expliquer sa présence dans sa chambre ?

— Allons-y, reprit-il. Je porte votre valise.

Il lui faisait si peu confiance qu'il allait lui-même la mettre dans un taxi. C'était presque insultant...

Dans l'ascenseur, ils n'échangèrent pas une parole. Telle une somnambule, Nicola suivit Matt à la réception où il rendit sa clé. Puis ils se dirigèrent vers l'entrée. Mais au lieu de rester sur le perron à attendre un taxi, Matt entraîna Nicola vers sa voiture garée sur le parking.

— Montez, dit-il en lui ouvrant la portière.

— Mais pourquoi ? murmura Nicola d'une voix faible. Je vais prendre un taxi pour rentrer chez moi.

— Nous rentrons tous les deux, coupa Matt d'une voix sans appel. Montez.

Au comble de la perplexité, Nicola obéit sans essayer de discuter. Pourquoi Matt abandonnait-il ainsi le congrès ? se demanda-t-elle une fois dans la voiture.

Puis, soudain, elle comprit. Matt avait été mis en cause autant qu'elle par les insinuations de Jonathan, et cela devant ses pairs, ce qui le plaçait dans une situation particulièrement inconfortable. Il préférait sans doute partir plutôt que de prêter le flanc aux commérages.

Le sentiment de culpabilité de la jeune femme s'accrut encore. Par sa faute, la réputation d'intégrité de Matt risquait d'être ternie. Dorénavant, on murmurerait qu'il emmenait ses maîtresses dans les réunions professionnelles en les faisant passer pour ses collaboratrices.

Le moteur vrombit et ils s'enfoncèrent dans la campagne anglaise plongée dans l'obscurité. De temps à autre, ils traversaient des villages. Alors, la lueur blafarde des lampadaires éclairait le profil racé de Matt concentré sur sa conduite, et la tête de Nicola, prostrée le front contre la vitre.

Silencieux et concentré, Matt réfléchissait. Comment n'avait-il par reconnu l'adolescente désarmante de charme sous les traits de la ravissante collaboratrice d'Alan ?

Quand, autrefois, il avait découvert que Nicola avait quitté son appartement, il avait été blessé, puis préoccupé. Car il n'avait pas eu le temps, comme il en avait l'intention, de lui assurer que rien ne s'était passé entre eux. Elle s'était enfuie, convaincue qu'il avait abusé d'elle en profitant de son ivresse et de sa naïveté. A l'évidence, c'était ce qu'elle croyait toujours, se dit-il. perplexe et troublé.

· Il avait recherché la mystérieuse inconnue par tous les moyens, sans succès. Mais elle n'avait jamais quitté sa mémoire. Aujourd'hui encore, il se souvenait avec une précision troublante de la douceur de ses seins sous sa caresse, de ses gémissements quand il s'était allongé sur elle.

Malgré les autres femmes qu'il avait connues, le désir ne l'avait jamais quitté. Bien plus, il s'était réveillé aussitôt qu'il avait retrouvé Nicola — sans pour autant qu'il songe un instant à faire le rapprochement entre les deux. Comment aurait-il pu imaginer qu'il s'agissait de la même personne ?

A présent, à la lumière des remarques de Jonathan, il comprenait ce qui s'était passé. Ce soir-là, huit ans plus tôt, Nicola s'était délibérément métamorphosée en une vulgaire séductrice pour donner une leçon à ce sinistre individu. Hendry avait dû la faire souffrir ; pour se venger, Nicola n'avait rien trouvé de mieux à faire dans son innocence que de se jeter dans les bras du premier venu, sans mesurer un instant les risques qu'elle prenait.

Le sort avait voulu que cet inconnu, ç'ait été lui, Matt, et qu'il soit tombé sous le charme...

Le front appuyé contre la vitre, Nicola contemplait la nuit d'un œil morne.

Elle aurait voulu être loin, à des années-lumière de cette route de campagne, de cette voiture qui filait silencieusement dans la nuit.

Elle aurait voulu pouvoir effacer Matt de son cœur et de son esprit à tout jamais.

Quoi qu'il puisse lui arriver dans l'avenir, elle savait qu'elle avait touché le fond.

Jamais elle ne connaîtrait des moments aussi épouvantables que ceux qu'elle avait vécus depuis quelques heures...

10.

— Nicola...

Avec difficulté, Nicola émergea du sommeil agité
dans lequel elle était plongée et se redressa sur son
siège, l'air hagard.

Où était-elle? se demanda-t-elle avant de
comprendre qu'elle se trouvait toujours dans la voiture
de Matt, dont le moteur était arrêté. Par la vitre, elle
aperçut dans l'obscurité la masse sombre d'une maison,
dont elle distingua le toit de chaume irrégulier et les
colombages. Ils devaient être en pleine campagne.

— Je crois que nous avons des choses à nous dire,
poursuivit Matt d'une voix étrangement douce. Venez,
suivez-moi.

Des choses à dire à Matt? Pourquoi? Qu'y avait-il à
ajouter? Elle lui donnerait sa démission dès le lendemain; il ne voulait tout de même pas augmenter encore
son humiliation en lui demandant de lui présenter des
excuses!

Mais elle n'eut pas la force de protester. Quand il lui
eut ouvert la portière, elle le suivit sans plus se poser de
questions. Elle se trouvait dans un tel état d'épuisement
physique et moral que, désormais, tout lui était égal.

— Cette maison m'appartient, expliqua-t-il en
ouvrant la porte d'entrée. J'ai pensé que nous serions
mieux ici qu'à l'hôtel pour parler.

Parler ? Mais de quoi ? faillit hurler Nicola. Ils n'avaient rien à se dire — sinon adieu...

Il la guida vers une petite pièce au plafond bas, meublée d'une façon hétéroclite et charmante que Nicola aurait appréciée en d'autres circonstances. Sur des rayonnages, des centaines de livres semblaient inviter à la lecture et voisinaient avec des objets insolites qu'on devinait glanés lors de voyages lointains.

— Asseyez-vous, lui dit Matt en lui désignant un des deux gros fauteuils de cuir disposés devant la cheminée. Je vais préparer une tisane.

De nouveau, elle voulut protester, lui dire qu'elle n'avait envie de rien, sinon de se cacher pour pleurer, mais elle n'en eut pas la force. Il lui semblait tout à coup qu'elle n'avait plus le contrôle d'elle-même, qu'elle était entraînée à son corps défendant dans une sorte de rêve éveillé qui, elle en était certaine, ne pouvait finir qu'en cauchemar.

Lorsque Matt quitta la pièce, elle ne songea même pas à se lever et à s'enfuir pour éviter l'explication pénible qui allait nécessairement suivre. Elle était comme paralysée, incapable de prendre la moindre initiative.

Elle n'entendit pas Matt revenir. Ses nerfs étaient tellement à vif qu'elle sursauta lorsqu'il posa une tasse sur la petite table à côté de son fauteuil.

— Vous n'avez pas peur de moi, j'espère, Nicki ? demanda-t-il.

Etait-ce la douceur de sa voix, ou le fait qu'il ait employé le diminutif affectueux qu'utilisaient ses parents et ses proches amis ? Toujours est-il qu'envahie par l'émotion, Nicola sentit une boule se former dans sa gorge et n'eut que la force de hocher la tête en signe de dénégation.

— Je suis désolé de ce qui s'est passé au restaurant tout à l'heure et... désolé de ne pas vous avoir reconnue plus tôt, murmura-t-il.

Pourquoi était-il si calme, si prévenant à son égard? s'interrogea Nicola, en plein désarroi. Il avait pourtant toutes les raisons d'être furieux. Elle aurait dû lui dévoiler sa véritable identité lors de leur première rencontre, ce qui leur aurait épargné ce lamentable gâchis, songea-t-elle avec amertume.

— Venez, nous serons mieux là pour bavarder, reprit-il.

Il la prit par la main et l'entraîna avec douceur vers le confortable canapé de cuir qui faisait face à la cheminée. De nouveau, elle se laissa faire comme si toute volonté l'avait abandonnée.

— Hendry a été d'une rare incorrection, commença Matt, ce qui ne m'étonne d'ailleurs pas de sa part, et...

— Tout ceci ne serait pas arrivé si je vous avais tout de suite avoué la vérité, coupa Nicola d'une voix lasse. J'ai manqué de courage. J'aurais dû...

Sa voix se brisa et elle fit un effort surhumain pour retenir ses larmes.

— Peut-être, en effet, auriez-vous dû, dit Matt. Mais étant donné les circonstances, je comprends que vous soyez restée muette. Est-ce... est-ce à cause de ce qui s'est passé il y a huit ans que vous vous êtes montrée si distante avec moi?

Quelle curieuse réflexion! pensa Nicola en plein désarroi. Alors qu'elle s'attendait à des remontrances, Matt se montrait étonnamment compréhensif.

— Comment aurait-il pu en être autrement? murmura-t-elle.

Elle s'interrompit et reprit d'une voix lointaine, comme si elle se parlait à elle-même:

— Le matin qui a suivi la nuit que j'ai passée chez vous, Jonathan m'a fait comprendre que je n'étais qu'une fille facile, et qu'il entendait bien en profiter lui aussi.

Sa voix se brisa et elle se prit la tête dans les mains, au bord des larmes.

— Qu'a-t-il dit d'autre ? demanda Matt avec une violence mal contenue.

— Que, désormais, aucun homme ne me respecterait et que ma réputation était faite parmi mes collègues. Je... je n'ai pas pu le supporter. Le lendemain, je donnais ma démission. A partir de ce jour-là, je me suis juré que jamais plus je ne prêterais le flanc à ce genre de commentaires. Et, depuis, je me suis tenue à l'écart des hommes. De peur de provoquer chez eux la même réaction que chez Jonathan.

Sourcils froncés, Matt la dévisagea longuement.

— Il y a quelque chose que je ne comprends pas, Nicola. Qu'aviez-vous à vous reprocher ? Rien de bien grave, en dehors d'une attitude provocatrice et irresponsable qui, fort heureusement, n'a pas tiré à conséquence. Un autre aurait peut-être profité de votre inconscience pour vous entraîner au lit, mais je ne l'ai pas fait. Voyez-vous, j'ai des sœurs plus jeunes que moi, et j'ai toujours eu un grand sens de mes responsabilités à leur égard. J'ai agi avec vous comme j'aurais aimé qu'un inconnu agisse avec elles dans les mêmes circonstances. Vous ne saviez pas ce que vous faisiez...

Il fit une pause, comme s'il cherchait à se remémorer le passé.

— Vous étiez si attendrissante, si fragile quand vous vous êtes endormie dans ma voiture, murmura-t-il. Je ne savais pas où vous habitiez, et j'ai jugé préférable de vous amener chez moi passer la nuit en lieu sûr. J'avais l'intention de vous faire une petite leçon de morale le lendemain matin pour vous éviter à l'avenir de vous placer dans des situations aussi dangereuses, mais...

Il s'aperçut tout à coup que toute couleur avait disparu du visage de Nicola.

— Nicki ! Vous n'allez pas vous trouver mal ? s'exclama-t-il avec inquiétude.

— Vous... vous voulez dire qu'il n'y a rien eu de physique entre nous ? articula-t-elle avec difficulté.

— Mais évidemment que non! s'exclama-t-il. Vous n'étiez qu'une enfant, ivre par-dessus le marché! Vous n'imaginez tout de même pas que j'aurais pu abuser de vous? Comment ne vous en êtes-vous pas aperçue quand Gordon et vous...

Nicola lui lança un regard d'une poignante intensité.

— Toute cette souffrance, tout ce gâchis, pour une faute que je n'avais même pas commise..., murmura-t-elle d'une voix à peine audible. Le sort n'est-il pas cruel? Depuis huit ans, je lutte sans succès contre le sentiment de culpabilité que m'a laissé cette soirée. A tel point que je me suis peu à peu refermée sur moi-même pour ne pas affronter les regards masculins, persuadée que chaque homme que je rencontrais me cataloguait comme une fille facile. Comme j'ai été stupide!...

Ses traits se tendirent, et elle poussa un profond soupir.

— Vous ne pouvez pas comprendre, bien sûr, vous êtes un homme, reprit-elle enfin d'un ton las.

— Je comprends en tout cas que vous avez dû beaucoup souffrir, murmura Matt avec douceur. Pour rien... Quand je pense que vous avez étouffé en vous toute sensualité, pour vous punir de quelque chose qui n'est pas arrivé! Je ne vous ai pas touchée, Nicki, je vous le jure!

— Mais, le matin, vous m'avez dit...

— Je n'aurais pas dû. Mais je voulais vous faire peur, pour parachever la leçon. Et, au moment où j'allais vous dire la vérité, je me suis aperçu que vous aviez disparu. Je vous ai cherchée partout à mon retour des Etats-Unis, mais en vain. Vous vous étiez évanouie dans la nature.

Il la regarda longuement, comme s'il tentait de lire dans ses pensées.

— Pourquoi avez-vous rompu avec Gordon?

140

demanda-t-il de but en blanc. Parce qu'il voulait faire l'amour avec vous ?

Nicola était si perturbée qu'elle ne parut même pas choquée du caractère osé de la question.

— Non, répondit-elle simplement. Gordon n'a jamais été intéressé par les choses du sexe.

— Vous l'aimez toujours ?

— Je ne l'ai jamais aimé. Nous avions une sorte d'arrangement tacite qui nous convenait à tous deux. Pour des raisons différentes, nous ne tenions ni l'un ni l'autre à avoir des relations physiques. Pour moi, c'était la sécurité... Gordon est le seul homme qui ne m'ait jamais fait peur.

— Parce qu'il ne vous désirait pas ? s'exclama Matt d'une voix étranglée. Oh ! Nicola ! Quel mal je vous ai fait...

— Vous n'y êtes pour rien, coupa la jeune femme. Tout a été ma faute, depuis le début. Je n'aurais pas dû chercher à me venger aussi stupidement de Jonathan, mais seulement l'ignorer. J'ai compris trop tard sa véritable nature.

Matt lui lança un regard plein de sollicitude, comme pour la réconforter.

— Votre attitude était normale, Nicki. Vous n'étiez qu'une enfant, et vous avez réagi comme une enfant.

Il fit une pause et la dévisagea longuement, une lueur étrange dans les yeux.

— Quelque chose m'échappe, Nicola. Comment avez-vous pu croire que nous avions fait l'amour ? Je vais peut-être vous paraître présomptueux, mais tant pis : permettez-moi de vous dire que si nous avions effectivement été amants, vous en auriez gardé le souvenir, malgré votre ivresse !

Luttant contre la vague de chaleur qui l'envahissait à cette évocation, Nicola songea, le cœur serré, qu'elle ne saurait jamais dans la réalité quel merveilleux amant était Matt. Jusqu'à son dernier jour, il lui faudrait se contenter de ses rêves...

— Pourtant, j'en avais tellement envie..., continua-t-il d'une voix sourde. Je savais que vous aviez jeté votre dévolu sur moi par hasard, pour humilier Jonathan, et que je n'aurais jamais dû m'intéresser à vous, mais c'était plus fort que moi...

Il s'arrêta, les traits crispés.

— J'ai toujours envie de vous, Nicola, murmura-t-il.

En plein désarroi, elle le dévisagea d'un air incrédule.

— C'est impossible, Matt! s'exclama-t-elle. Comment pouvez-vous dire une chose pareille après ce qui s'est passé au congrés, après ce que Jonathan a dit de moi?

— Peu m'importent les insinuations minables de Hendry! rétorqua Matt avec une violence mal contenue. Ce qu'il a pu dire ne change rien au fait que j'ai envie de faire l'amour avec vous, Nicki!

Elle lui lança un regard d'une intensité presque insoutenable.

— Parce que vous avez pitié de moi? demanda-t-elle avec cynisme.

— Parce que je n'ai jamais désiré aucune femme comme je vous désire, murmura-t-il en l'attirant contre lui. Parce que...

Il chuchota quelque chose à son oreille, et elle crut entendre : « je vous aime ». Mais elle n'eut même pas le temps de se demander si elle avait rêvé ou pas. Matt le tenait serrée contre lui à présent, et ses mains possessives lui caressaient la nuque avec une douceur si sensuelle qu'elle oublia tout.

Secouée par un tremblement irrépressible, elle ferma les yeux tandis qu'une vague brûlante venue du plus profond d'elle-même la submergeait.

— Si tu ne veux pas de moi, dis-le-moi, murmura Matt entre deux baisers.

Pour toute réponse, elle se lova contre lui. Ses bras se nouèrent autour de la nuque de Matt. Ils s'embrassèrent alors avec une telle ardeur qu'il sembla à Nicola que le monde autour d'eux avait interrompu sa course pour les laisser ainsi, enlacés et silencieux, unis pour l'éternité.

La respiration de Matt se précipita à mesure que leur baiser gagnait en intensité. Sa main glissa de la chevelure de Nicola à la rondeur d'un sein, qu'il caressa doucement d'abord, puis de plus en plus passionnément.

— Si nous avions fait l'amour il y a huit ans, c'est ainsi que j'aurais fait, murmura-t-il à son oreille. Je t'aurais déshabilllée comme ceci...

Il défit la fermeture Eclair de la robe de Nicola, qui apparut en sous-vêtements, rayonnante de féminité.

— Ensuite, j'aurais enlevé ton soutien-gorge...

Il joignit le geste à la parole et, le regard enfiévré de désir, contempla longuement les seins au galbe généreux de la jeune femme.

— Je t'aurais admirée, si belle, si sensuelle, si douce sous ma caresse, avant de parcourir ton corps, non plus avec mes mains, mais avec mes lèvres, ma bouche, poursuivit-il d'une voix rauque. Tu es si belle, Nicola, si désirable, et j'attends ce moment depuis si longtemps !

Elle se renversa en arrière, éperdue d'amour, et réprima un gémissement quand il parcourut de baisers ses seins dressés. Alors, le souffle d'un désir intense balaya en elle les dernières traces de raison.

Se libérant enfin de la pudeur et de la retenue qui lui avaient dicté sa conduite depuis tant d'années, elle déboutonna d'une main fébrile la chemise de Matt, impatiente de sentir sa peau nue contre la sienne, de découvrir son corps comme il découvrait le sien.

Plus rien ne comptait désormais que cette soif inextinguible qu'elle avait de lui, que cette nécessité absolue de lui appartenir.

Soudain, alors qu'elle s'apprêtait à défaire sa ceinture, Matt l'interrompit en la saisissant par le poignet.

— Nicki chérie... Tu sais ce que tu fais? Si tu continues, nous atteindrons bientôt le point de non-retour.

L'espace d'une seconde, elle hésita. Aller jusqu'au bout, c'était s'exposer à une douleur insupportable le jour où Matt se désintéresserait d'elle. Car il se désintéresserait nécessairement d'elle un jour ou l'autre. Mais ne pas poursuivre, c'était pis encore : quoi qu'il arrive, elle devait lui appartenir. Désormais, il était trop tard pour maîtriser les forces qui les poussaient l'un vers l'autre.

L'air grave, presque solennelle, consciente de décider ainsi de son destin, elle dégrafa la ceinture de Matt sans le quitter des yeux. Cette fois, elle était adulte et revendiquait la responsabilité de son acte.

Même si cette nuit devait être la seule qu'elle partagerait jamais avec Matt, elle assumait son choix en toute conscience. Pour la première fois de son existence, elle réclamait le droit d'être une femme, dans toute la plénitude du terme...

Quand ils furent nus tous les deux et que Matt l'enlaça si fort qu'elle s'imprégna de sa chaleur, de son odeur, elle fut envahie d'une immense joie. Joie de lui offrir son corps et sa virginité, joie de partager avec celui qu'elle chérissait le plaisir des sens et de la découverte mutuelle.

Enlacés et fiévreux, ils tombèrent ensemble sur le tapis moelleux placé devant la cheminée. Puis il y eut les mains de Matt sur le corps de Nicola, ses caresses de plus en plus précises, son audace si communicative que bientôt, ignorant ses ultimes réflexes de pudeur, la jeune femme osa les gestes les plus intimes, heureuse

144

de sentir Matt vibrer sous ses doigts, enivrée du pouvoir qu'elle se découvrait sur lui.

Quand Matt la pénétra enfin, elle n'était plus qu'attente, et hurla son plaisir. Très vite, une frénésie de possession les emporta : leurs souffles, leurs corps se mêlèrent, dansèrent leur ballet d'amour et de fusion. Arrachée hors du temps, hors d'elle-même, Nicola cria son nom tandis que Matt, parcouru d'un ultime frisson, la rejoignait dans l'ivresse suprême.

L'intensité du bonheur était telle pour Nicola qu'elle ne put contenir son émotion. Les yeux brouillés, au bord des sanglots, elle se tourna vers Matt. Alors, d'un geste d'une infinie tendresse, il essuya ses larmes et la serra contre lui aussi fort qu'il le put.

Rassurée, elle se laissa aller au sentiment de plénitude qui l'envahissait. Epuisée et comblée, elle ferma les yeux, et s'endormit tout contre son amant.

Longtemps, Matt resta immobile à la contempler. Jamais avec aucune femme il n'avait éprouvé un tel sentiment de communion. Avec Nicola, l'amour physique prenait une autre dimension et devenait un dépassement de soi-même dans le partage avec l'autre.

Comme il l'aimait ! pensa-t-il en la prenant délicatement dans ses bras. Avec mille précautions, il la porta dans l'escalier sans la réveiller et la déposa sur son lit. Quand il eut recouvert d'une couette son corps diaphane, il s'assit un instant au bord du lit.

Elle s'était donnée à lui avec passion et détermination, elle lui avait offert sa virginité, mais l'aimait-elle ? Pas un instant elle n'avait évoqué ses sentiments pour lui...

Certes, il avait satisfait la soif irrépressible qu'il avait d'elle, mais cela ne lui suffisait pas. Il la voulait tout entière, et pour toujours. Elle était la femme de sa vie, il en était convaincu, à présent.

Il s'allongea à côté d'elle. Dans un demi-sommeil,

elle sentit sa présence et se lova contre son corps puissant, réveillant le feu qui couvait en lui.

Cette fois, ils firent l'amour avec lenteur, savourant chaque instant de leur passion, en retardant l'ultime conclusion pour sentir monter en eux l'intensité du désir. Puis, quand l'urgence de s'appartenir fut telle que rien ne pouvait plus s'y opposer, ils s'unirent de nouveau, et plus rien n'exista que leurs deux corps accrochés l'un à l'autre.

Plus tard, quand Nicola s'éveilla et contempla avec émerveillement Matt endormi à son côté, son esprit se mit à vagabonder.

Que se serait-il passé s'ils avaient fait l'amour ainsi huit ans auparavant ? Elle n'aurait jamais eu le courage de le quitter au petit matin.

Pourtant, il faudrait partir dans quelques heures, songea-t-elle, bouleversée, et retrouver la solitude. Cette nuit merveilleuse arriverait bientôt à son terme, et avec l'aube la réalité reprendrait ses droits.

Elle ne savait pas pourquoi Matt avait fait l'amour avec elle. Avait-il agi par compassion, par pitié, ou mû par un désir physique irrépressible ?

Elle ne le saurait probablement jamais.

Mais elle avait dorénavant une certitude : elle l'aimait du plus profond d'elle-même, et l'aimerait toujours.

— Nicki, réveille-toi !

Nicola ouvrit un œil, et aperçut Matt debout devant le lit, torse nu, encore humide après la douche. Une tasse de café fumante était posée sur la table de nuit.

Matt la dévisageait d'un air tendu et solennel qui serra le cœur de la jeune femme. Il allait probablement lui annoncer que tout ceci n'était qu'une méprise, qu'il regrettait ce qui s'était passé et qu'il la ramenait chez elle.

146

Elle baissa les yeux pour qu'il n'y lise pas le désespoir qui s'était emparé d'elle. Malgré les promesses
qu'elle s'était faites d'être raisonnable, elle craignait de
ne pas avoir la force de dissimuler sa douleur.

— Nicki, ne te détourne pas de moi, murmura tout à
coup Matt d'une voix rendue rauque par l'émotion.

Elle releva la tête, interloquée, luttant contre l'espoir
fou que ces paroles faisaient naître en elle.

— Je ne veux pas t'entraîner dans une relation si tu
n'es pas prête à t'engager, je ne veux pas te forcer,
poursuivit-il, les traits tendus. Mais après ce qui s'est
passé entre nous cette nuit, il faut que... il faut que tu
saches à quel point je t'aime.

Cette fois, Nicola se dressa sur son séant.

— Tu m'aimes ? s'exclama-t-elle, abasourdie. Mais
c'est impossible !

— Je t'aime, Nicki, répéta-t-il. Dis-moi si j'ai un
jour une chance de te conquérir. Je sais que je suis
ridicule, mais si tu dois ne jamais m'aimer, dis-le-moi,
pour l'amour du ciel... J'essaierai de comprendre, et de
m'effacer. Ne crains rien, je ne t'importunerai pas.

Incapable d'articuler un mot tant l'émotion était
forte, Nicola ne put retenir un gémissement. Alors,
Matt scruta ses traits et, sur son visage blême, il lut une
telle passion qu'il eut la réponse à sa question.

— Nicola ? articula-t-il avec peine. Est-ce que... toi
aussi... tu m'aimes ?

Quand elle hocha la tête, hésitant entre le rire et les
larmes, il l'enlaça si fort qu'elle crut ne plus pouvoir
respirer.

Mieux que toute parole n'aurait pu le faire, ils
communiquèrent alors par les caresses et les baisers.
Les mots auraient été trop faibles pour exprimer la
passion qu'ils éprouvaient l'un pour l'autre. Et quand
ils se joignirent une nouvelle fois, ce fut avec la certitude de l'amour partagé...

***

Au petit matin, apaisés et comblés, ils échangèrent mille confidences, dans les bras l'un de l'autre sur le grand lit aux draps froissés.

— Quand je pense à tout ce que tu as souffert par ma faute! dit Matt en caressant avec une infinie douceur les boucles soyeuses de Nicola. Si je ne t'avais pas laissé croire que nous avions fait l'amour, tu n'aurais pas été aussi traumatisée... Je voulais juste te faire comprendre quel danger tu courais!

— Tu n'as pas à te sentir responsable, protesta Nicola. En réalité, le vrai coupable, c'est Jonathan.

Matt fit taire Nicola en lui posant un doigt sur les lèvres.

— Tais-toi, chérie, je ne veux plus jamais entendre parler de ce minable.

— Tu as raison. Mais nous lui devons quand même de nous être retrouvés. Si nous n'avions pas été placés à sa table...

— Un jour ou l'autre, ce serait arrivé, coupa Matt. Je t'ai aimée sans le savoir dès le premier jour. Chaque fois que j'essayais de m'approcher de toi, tu t'échappais. J'étais convaincu que tu étais encore amoureuse de Gordon.

— Non. J'avais peur, peur de ma propre vulnérabilité face à toi. Peur que tu me reconnaisses, et que tu me rejettes.

Il la serra dans ses bras.

— Tu sais, Nicola, si nous avions fait l'amour cette première nuit, je n'aurais pas porté de jugement sur toi. Tu étais si jeune, si inconsciente! Comment aurais-je pu t'en vouloir? Je savais que tu voulais juste rendre Jonathan jaloux.

— Au début, oui, expliqua Nicola. Mais après cette première danse avec toi, j'étais troublée, si troublée...

Tu avais un tel effet sur moi que je n'ai eu aucun mal à croire ensuite que nous avions été amants. Au fond de moi-même, j'avais déjà envie de t'appartenir.

Ils s'embrassèrent longuement, puis Matt s'écarta de Nicola.

— J'ai mis tellement longtemps à te retrouver que je n'ai pas l'intention de te perdre à présent. Veux-tu m'épouser, Nicola?

— Que dirais-tu de porter un toast à la personne qui nous a réunis? demanda Matt, accoudé à la balustrade de la terrasse, une coupe de champagne à la main.

Devant eux rougeoyait l'océan Pacifique, baigné par les derniers rayons du couchant. Ils étaient arrivés une heure auparavant dans ce paradis tropical où Matt avait réservé une somptueuse villa pour leur lune de miel.

L'employée de maison qui les avait accueillis avait précisé, avant de s'éclipser discrètement qu'une collation les attendait dans la salle à manger.

Sourire aux lèvres, Nicola leva sa coupe.

— Alors, à Jonathan, puisque tu y tiens!

Matt posa sa coupe et s'approcha de Nicola.

— Il fait nuit très tôt ici, tu ne trouves pas? lui murmura-t-il à l'oreille en l'enlaçant par la taille d'un geste possessif.

— Oui, très tôt, répondit-elle d'un air mutin. Il sera bientôt l'heure d'aller au lit.

— Tu as devancé ma pensée, dit Matt en posant la main sur le genou de sa femme, qui ne put retenir un frémissement de désir.

— Mais quand allons-nous manger? demanda-t-elle pour la forme.

— Plus tard, bien plus tard. Pour l'instant, nous avons beaucoup mieux à faire, dit-il en l'entraînant vers l'immense chambre où, sous une moustiquaire, trônait le lit nuptial.

— Oui, tellement mieux, murmura Nicola. Tellement mieux...

Le nouveau visage de la collection Or

◆

AMOURS D'AUJOURD'HUI

Afin de mieux exprimer sa modernité et de vous séduire encore davantage, votre collection Or a changé de couverture et de nom depuis le 1er mars 1995.

Rassurez-vous, les romans, eux, ne changent pas, et vous pourrez retrouver dans la collection **Amours d'Aujourd'hui** tous vos auteurs préférés.

Comme chaque mois, en effet, vous y attendent des héros d'aujourd'hui, aux prises avec des passions fortes et des situations difficiles...

**COLLECTION
AMOURS D'AUJOURD'HUI :**
Quand l'amour guérit des blessures de la vie...

Chère lectrice,

Vous nous êtes fidèle depuis longtemps?
Vous venez de faire notre connaissance?

C'est pour votre plaisir que nous avons
imaginé un rendez-vous chaque mois
avec vos auteurs préférés, vos
AUTEURS VEDETTE dans les
collections Azur et Horizon.

Les AUTEURS VEDETTE vous
donneront rendez-vous pour de
nouveaux livres vedette.

Pour les reconnaître, cherchez
l'étoile... Elle vous guidera!

Éditions Harlequin

LE FORUM DES LECTRICES

CHÈRES LECTRICES,

VOUS NOUS ÊTES FIDÈLES DEPUIS LONGTEMPS?

VOUS VENEZ DE FAIRE NOTRE CONNAISSANCE?

SI VOUS AVEZ DES COMMENTAIRES, CRITIQUES À
FORMULER, DES SUGGESTIONS À OFFRIR, N'HÉSITEZ PAS...
ÉCRIVEZ-NOUS À : LES ENTREPRISES HARLEQUIN LTÉE.
498 RUE ODILE
FABREVILLE, LAVAL, QUÉBEC.
H7R 5X1

C'EST AVEC VOS PRÉCIEUX COMMENTAIRES QUE NOUS ALLONS
POUVOIR MIEUX VOUS SERVIR.

MERCI, À L'AVANCE, DE VOTRE COOPÉRATION.

BONNE LECTURE.

HARLEQUIN.

VOTRE PASSEPORT POUR LE MONDE DE L'AMOUR.

ROUGE PASSION

De fiévreuses histoires d'amour sensuelles!

De provocantes histoires d'amour passionnées et romantiques qu'on lit d'une seule traite. Aventureuses, parfois humoristiques, et sensuelles, elles mettent en vedette des hommes et des femmes d'aujourd'hui.

ROUGE PASSION... quatre nouveaux titres chaque mois.

GEN-RP

COLLECTION
HORIZON

Des histoires d'amour romantiques qui
vous mènent au bout du monde!

Découvrez la passion et les vives
émotions qu'apportent à la Collection
Horizon des auteurs de renommée
internationale!

Captivantes, voire irrésistibles, ces
histoires d'amour vous iront
assurément droit au coeur.

Surveillez nos quatre nouveaux titres
chaque mois!

GEN-H